序

“江西诗派”不但是宋代最大的诗歌流派，也是中国古代文学史上影响十分深远的文学派别，成为江西文化乃至中华文明显著的精神标识之一。江西诗派推崇黄庭坚“点铁成金”“夺胎换骨”的创作方法和“不为牛后人”的创作精神，他以迥不犹人的创作态度锤炼语言，创造出独具特色的诗歌风格，成为宋代诗风的重要代表人物。

江西诗派的产生和发展，标志着宋诗突破唐诗的藩篱而形成了自身独特的艺术风貌。江西诗派成员各具面目的创作进一步丰富了古典诗歌的表现手法和风格；他们的创作理论则指出了一条切实可行的提高艺术修养的道路，对古典诗歌的发展起到了积极的推动作用。南北宋之际，江西诗派对诗坛的影响最为深远，尤其是江西的一些诗人和学者深受江西诗派的影响；清末诗坛受宋诗特别是以黄庭坚为代表的江西诗派的诗歌影响更深，“足绍西江诗派”（李之鼎语）的“同光体”领袖陈三立及其后继者，构成了江西诗派在近代的传承。

与声名显赫的江西诗派相比，“江西画派”似乎名声不彰。作为画家个体，江西画家董源、巨然、徐熙、扬无咎、罗牧、八大山人，以及近现代的陈师曾、傅抱石等人，都堪称中国绘画史上开宗立派的大家、巨擘；但作为一个群体的

"江西画派"，其传承脉络、整体轮廓和特点却始终不够清晰。

有明确记载的"江西画派"出现在清初，人称"江西派"或"西江派"，江西宁都人罗牧（1622—1708或1711）是"江西派"的代表人物。

众所周知，清初文化市场出现了一些新的特点，由于政治等方面的原因，大批无法（或主动拒绝）进入清朝主流文化圈的文人进入了职业绘画领域，他们将曾经作为文人身份标志的文化知识和文艺技能用以谋生，成为所谓"职业化"文人画家。罗牧正是这样一位画家。他从江西出发，频繁作江淮游，与当地著名书画家和艺术收藏人有深度交往，这种交游的直接结果是扩大了罗牧及其所代表的江西画家群体在当时最为活跃的江南文化市场的影响力。

但人们对于"江西派"的认识却始终存在不同意见。

中国美术史上确曾出现了不少声名显赫的画派。如南宗北宗、江南山水、北派山水等，这些名头往往是后世的归纳和追认；也有一些画派在当时即自觉提出了自己的艺术主张，举出了旗帜，亮出了品牌，被画史研究者公认为画派（如浙派、松江派、虞山派、常州派、新安画派，以及近代以来的海上画派、20世纪初的岭南画派等，这些画派一般均拥有自己的代表人物和大体相类的画风，并具有一定的时空连贯性）。除此之外，另有一些所谓的画派，其实往往只是某地存在的画家群体，虽然其成员之间缺少师承或结社关系，但由于艺术理念和追求上的相近，作为一个群体得到世人的认同，画史研究者一般审慎地称他们为"家""友"，如著名的"金陵八家""吴门四家"等。

詩畫江西

江西诗派、江西画派精读赏析

SHI HUA JIANGXI

JIANGXI SHIPAI、JIANGXI HUAPAI JINGDU SHANGXI

主　编◎叶　青
选　注◎熊盛元
撰　文◎王　鉴
汪习甄

江西美术出版社
全国百佳图书出版单位

江西

罗牧标举的“江西派”，其特征似乎更为模糊。所谓“江西派”，在当时可能只是一些江西画家自发形成的松散社团。罗牧将这样一个群体以“江西派”的名义推广到江淮一带，这正是罗牧对于江西绘画史的意义和贡献——他不仅以自己的绘画成就为清初江西绘画贡献了一抹辉煌，更以自己的艺术活动，使画史上留下了关于“江西派”的记载。

但我们今日讨论的“江西画派”，显然不应局限于罗牧和他的“江西派”，我们应该具有更为宽阔的视野和开放的眼光。事实上，从源远流长的江西绘画史来看，江西这片土地上出现过许多具有画派特征的群体。如前面提到的五代时期的大家董源、巨然，被公认为中国“南派山水”开派宗师；徐熙则是水墨花鸟画鼻祖，他身后有一批继承者。他们的影响早已超越一般意义上的画派。在北宋与南宋之交，扬补之的墨梅独树一帜，元代夏文彦的《图绘宝鉴》中记载扬补之的传人有30余位，也形成了“墨梅新派”。

我们无意卷入美术史画派研究的学术讨论中，以上我用了这样大段的文字来讨论“江西画派”的概念，无非是想借此说明，以广义概念来说，千载以来从赣鄱大地上走向全国的这一极有分量的画家群体，理应有一个共同的标识，这个标识当然就是“江西画派”。

由此，我们形成了本书的编撰创意与策划。我们以江西诗派代表性诗人的诗歌与江西画派画家们的经典画作合编为一册，诗画相互对照、映衬；为了帮助读者鉴赏，本书还对所选诗歌及画作进行了精到的注释和赏析。但读者从本书中得到的收获，远远不止一系列简单的诗画赏析，而应是多角度、相互交叠、彼此呼应的审美发现。

古人云，诗画本一律，天工与清新；诗中有画，画中有诗。这是对作为语言艺术的诗歌与作为视觉艺术的绘画之间意韵相通的发现和表达。以此为基础，在诗画阅读与观赏之间，也自然能够形成一种相互参照与发现。故前人往往题诗于画，以诗意拓展画境；也常常以画配诗，让读者在诗画“互文”中获得对诗和画更丰富的领悟。因而，本书的创意是基于艺术原理的支撑，并具有鲜明的创新性和发挥的空间。

需要指出的是，本书所选的诗与画，有的诗境与画境相互契合，有的也许只具部分意象与主题上的呼应，仅以诗与画之间在意趣或主题表达上的契合而彼此关联起来。但仅仅是这样一种关联，也足以在诗画意趣上形成丰富的互动、交叉或激发。

因此，对于读者来说，本书就有了两种“打开”模式：既可以以诗为线索进入阅读，以配画为阅读的延伸；也可以从观画角度进入，进而领略诗歌的丰富意蕴。但相信无论哪一种阅读方式，都可使读者获得单纯阅读一首诗或面对一幅画所无法得到的深刻的艺术启迪。

当然，本书编撰的意义和价值还在于，通过江西诗派诗作与江西画派画作相得益彰的“互文”组合，让江西地域文化中两个重要的文化符号彼此呼应，形成文化品牌上的相互支持和叠加效应。

以上正是本书编撰的定位与追求。

叶　青

目录

王充道送水仙花五十枝，欣然会心，为之作咏（七古）

黄庭坚

凌波仙子生尘袜，水上轻盈步微月。①
是谁招此断肠魂，种作寒花寄愁绝。②
含香体素③欲倾城④，山矾⑤是弟梅是兄。
坐对真成被花恼⑥，出门一笑大江横⑦。

作者简介

黄庭坚（1045—1105），字鲁直，号山谷道人，晚号涪翁。洪州分宁（今江西修水）人。北宋著名文学家、书法家，提倡作诗要有“点铁成金”“夺胎换骨”之法。他为江西诗派开创者，乃江西诗派“一祖三宗”之一宗，诗作风格奇崛。书法亦独树一帜，为“宋四家”之一。

注释

①〔凌波仙子生尘袜，水上轻盈步微月〕首句语出曹植《洛神赋》：“凌波微步，罗袜生尘。”步微月，漫步于月下。薛道衡《重酬杨仆射山亭诗》：“空庭聊步月，闲坐独临风。”任渊注“微月”谓“盖言袜如新月之状”，亦可备一注。

②〔是谁招此断肠魂，种作寒花寄愁绝〕黄庭坚同时还有《次韵中玉（马瑊）水仙花》二首，可与本诗参看。其中第二首云：“淤泥解作白莲藕，粪壤能开黄玉花。可惜国香天不管，随缘流落小民家。”表达了诗人感慨自己怀才不遇、零落乡野的遭遇。

③〔体素〕玉体。陶渊明《答庞参军》：“君其爱体素，来会在何年。”这里形容水仙的洁净。

④〔倾城〕原指倾覆邦国。《诗经·大雅·瞻卬》：“哲夫成城，哲妇倾城。”后比喻容貌极美，全城人为之倾倒。

⑤〔山矾〕花名，即玚花，又名玉蕊花，山矾之名为黄庭坚所取。黄庭坚《戏咏高节亭边山矾花序》：“江湖南野中有一种小白花，木高数尺，春开极香，野人号为郑花。王荆公尝欲求此花栽，欲作诗而陋其名，予请名曰山矾。野人采郑花叶以染黄，不借矾而成色，故名山矾。”

⑥〔被花恼〕杜甫《江畔独步寻花七绝句·其一》云：“江上被花恼不彻，无处告诉只颠狂。”黄诗本此。

⑦〔出门一笑大江横〕出门，有放开眼界、摆脱烦恼之意。沙市在长江左岸，故云“大江横”。

诗歌赏析

黄庭坚出身于诗书世家，祖父黄湜十三兄弟，十人进士及第，时称“双井十龙”。父亲黄庶，庆历二年（1042）进士，著名诗人。黄庭坚的诗以杜甫为宗，他提出的“点铁成金”“夺胎换骨”等诗学理论，成为江西诗派的理论纲领和创作原则，对后世的文学创作产生了深远的影响。他的诗诗风生新硬瘦，奇崛拗涩，兼有自然晓畅的一面；主张求生避熟，求雅脱俗，强调句法，发展了拗句体制；重视学问，活用典实，对宋诗的影响极大。他早年以文章诗词受知于苏轼，与张耒、晁补之、秦观并称“苏门四学士”。他的著作有《豫章黄先生文集》《山谷琴趣外篇》等。另黄庭坚“涤亲溺器”的感人孝行，被列入中国古代“二十四孝”，世代传颂。

首句语出曹植《洛神赋》“凌波微步，罗袜生尘”，用洛神比喻水仙花，状写水仙轻盈柔美的幽姿。把植立于盆中不动的花朵，写成“轻盈”漫步的仙子，化静为动，将物作人写，给人以丰富的联想与美的享受。

第三、四句由写洛神转到写花。上两句是写水仙的姿态，这两句则是写水仙的性情，进一步将花人格化，表现出诗人对花的深情。作者慧眼独具，看出水仙花的楚楚可怜之态，犹如美人心中带有“断肠魂”一样，使人为之“愁绝”。“断肠”，既指洛神的黯然神伤，也指水仙花因“国香天不管”而产生的愁怀。

据说盛唐时期水仙曾被朝廷列为上品花，而今在这荒远的荆州，水仙无人赏识，岂不可惜？诗人自己满腹经纶、才华横溢，却久谪川蜀，远贬黔南，其仕途之坎坷岂不更为可叹？可知诗中“断肠魂”“愁绝”，实亦山谷心情的写照，仙乎？花乎？人乎？已融为一体、浑然莫辨了。

以上为第一层，是扣住水仙本身来写的。诗人善于刻画水仙的姿态与性情，并融入了自己的身世，让人读后深深地体会到诗人的忧愁情绪。

后四句中，“含香”句仍从水仙说，且用“倾城”美人比喻水仙清香洁白的芳韵；“山矾”句，则以山矾、梅花相比，以梅花比作水仙的兄长，而山矾则是水仙的弟弟。与其他诗人多将花女性化不同，诗人把三种花都男性化了，化幽美妍秀为粗犷雄豪。也正是在这种出人意料的地方，表现出作者的随意所适、抒写自由，充分显示出其造语“好奇尚硬”的特点，并由此逼出末二句。

第七句中“被花恼”，谓花气撩人，平静之心为其所动，故爱之太甚反而生怨也。杜甫《江畔独步寻花七绝句·其一》云：“江上被花恼不彻，无处告诉只颠狂。”黄山谷诗本此。少陵所恼者，是无人做伴赏花；山谷所恼者，是独坐对花，欣赏太久，感到寂寞难受，故出门散心，孰知“大江横”在眼前，故作会心“一笑”。这种对举的表现手法，实在令人玩味：末句的形象，和前面所写的水仙形象相比，真是“大”得惊人，“阔”得惊人；诗笔和前面相比，也是“横”得惊人，“粗犷”得惊人。这两句诗，不仅在形象、笔调方面与前面显得不同，而且转接得很奇特，充分显示出山谷的功力。

水仙图　明末清初　朱耷

朱耷（1626—1705），谱名朱统鍪，号八大山人、刃庵、雪个、个山等，出家后法号传綮。江西南昌人。明末清初绘画大师。明宗室后裔，国变后为僧，晚年还俗。其诗风晦涩古雅，书法古朴圆劲。花鸟画以水墨写意为主，形象夸张奇特，笔墨凝练简括，风格古雅隽永；山水画笔致简洁，有静穆之趣，得疏旷之韵。他以一己之力将水墨写意画推向历史高峰，对后世大写意水墨画的发展产生了深远的影响。与渐江、髡残、石涛合称“清初四僧”。

画作赏析

八大山人题画诗中有“墨点无多泪点多”句，此正点出了他花鸟画最突出的特点——少，用他的话说是“廉”。一是描绘的对象少；二是塑造对象时用笔少。少而不薄，少而不贫，少而不单调，少而有味，少而有趣，透过少而给读者一个无限的想象空间。前人所云“惜墨如金”，又说“以少少许胜多多许”，只见于理论文字而鲜有笔墨之大成者，只有八大山人真正在笔墨与思想上做到了极致，可谓独步古今。

水仙是农历十二月的月令花，洁白无瑕的花朵和清新淡雅的幽香，使其在中国传统文化中不断被人格化，象征着纯洁、淡雅、仙逸、绝俗的品质。历代诗人对水仙吟咏不绝，以黄庭坚《王充道送水仙花五十枝，欣然会心，为之作咏》最为著名。水仙也是文人墨客“岁朝清供”之必备，宋元时期的水仙画以双钩为主，严整工细，雅致秀丽。明代水仙画趋向简洁清润，始有小写意韵味。直到徐渭、八大山人出，水仙画才真正达到水墨大写意的至境。八大山人尤擅长以凝练简括的笔墨勾勒出水仙的精神意趣，《水仙图》成为他的传世经典画作之一。

此图布局疏朗，笔墨凝练，所着笔处不过二花三叶，正所谓“以少少许胜多多许”。图中二花二叶自下向左呈倾危之势，另一长茎叶向右伸出画面以破其势，间有拱抱之态，所谓“险中求平”是也，又有矛盾与统一的辩证关系。因生纸易洇墨，水仙的茎叶、花苞全以枯笔淡墨勾出，用笔圆劲而松秀，有八大山人山水画笔法中一贯的篆籀气。笔速缓急适当，迅疾处笔墨有颗粒状，转折处尤显“折钗股”之细劲。花瓣则以中锋勾写，顿挫有致，线与线之间稍留间隙，略作皴笔以状其厚，洒脱活泼而不致呆滞。复以浓墨勾写花蕊，既点醒画面，又增加了笔墨层次与点画节奏感。

和外舅[1]《夙兴》[2]三首·其一（五律）

黄庭坚

瓜蔓已除垄[3]，苔痕犹上墙。
蓬蒿贪雨露，松竹见冰霜。
卷幔天垂斗，披衣日在房。
无诗叹不遇，千古一潜郎[4]。

注释

①〔外舅〕岳父，此指谢景初，字师厚。黄庭坚第二任妻子谢氏乃谢景初之女。

②〔夙兴〕早起。

③〔除垄〕指除去瓜垄上的蔓草。

④〔潜郎〕张衡《思玄赋》："尉龙眉而郎潜兮，逮三叶而遘武。"李善注引《汉武故事》："颜驷，不知何许人，汉文帝时为郎。至武帝，尝辇过郎署，见驷龙眉皓发，上问曰：'叟何时为郎？何其老也？'答曰：'臣文帝时为郎。文帝好文，而臣好武；至景帝好美，而臣貌丑；陛下即位，好少而臣已老。是以三世不遇，故老于郎署。'"

诗歌赏析

“和诗”即附和原诗，又称“和韵”或“步韵”，要求与原诗在平仄、韵脚上一致，主题内容可同可不同，但需保持一定的关联性。此诗是诗人和其岳父诗三首其一，诗人以简洁而清新的语言描绘了四时景象，抒发了对大自然的赞美、对隐逸生活的向往，以及对仕途的期许。

此诗采取“三联对仗，一联散句”的格式，前三句三重铺垫，最后托出主题，形成三紧一松的节奏感。首联二句如家书之开笔，语朴情切，以所居的田园场景开篇。田垄上新生且杂芜的瓜蔓近日已除去了，旧苔痕却爬满了墙垣。“瓜蔓”代表生机，“苔痕”则意指时间印记。劳作、自然、时光的和谐交融，呈现了一派田园生机和劳作景象。

颔联则描绘自然界生生不息的变化。蓬蒿在雨露滋润下生长茂盛，松竹则在冰霜的映衬下更加翠绿。“贪”“见”二字用得极妙，诗人通过拟人修辞，将蓬蒿、松竹人格化，既生动形象地赋予它们坚韧的生命力与情趣，又表现了诗人对大自然变化的敏感和喜爱，还隐喻了诗人于学问用功之深，以及超拔的精神。

颈联紧扣诗题“夙兴”，描写诗人早起的生活场景，又隐喻了其对人生仕途的期望。诗人一早起床，卷起窗前的帘幔，北斗星依稀高悬在天上，于是披衣小坐，而未多时，早晨的第一缕阳光便铺满整间屋子。北斗星为帝王星，“天垂斗”则是吉象；“日”为太阳，“日在房”则有希望之喻。诗人借物抒怀，寓景于情，隐喻诗人渴望得帝王垂青，仕途有所希望，同时为尾联做好情绪的铺垫。

尾联中的“潜郎”典出《汉武故事》，颜驷三世不遇，故老于郎署，意指怀才不遇的人，与起句的“叹不遇”词意相承。尾联收束得极隐僻折拗，有多重寓意。其一，即使没有机会施展才华，诗人也不因此而哀叹，以“潜郎”自比，表示自己像古代的隐士一样，淡泊名利，甘于寂寞。其二，颔联与尾联句隔联相承，诗人“贪”痴于学问，历尽风霜又“见”坚韧超拔之质，即使一时未遇，也不气馁叹息，当做一“潜郎”，以待来时。

风竹图　五代　李坡

李坡，一作李颇，或作李波，南昌人，五代南唐时期著名画家。善于画竹。其作画气韵飘举，不事纤巧琐细，而多放情任率，落笔便有生意。他与同一时期的刘彦齐、施璘、丁谦同以墨竹驰名于五代画坛。据载画迹有《折竹图》《风竹图》《冒雪疏篁图》等，今仅《风竹图》传世。

宋徽宗时期编撰的《宣和画谱》将“墨竹”作为单独的画科，与道释、人物、宫室、番族、龙鱼、山水、畜兽、花鸟、蔬果等其他九门画科相对独立。而其中所载宋代之前的墨竹画画家，仅有李坡一人，可见其墨竹画成就之高，冠绝五代。

《宣和画谱·墨竹叙论》首先规范了墨竹画的创作方法：不采用丹青、朱黄、铅粉渲染以求形似，而用淡墨挥扫，独得于象外——这与此前流行的双钩填色的方法完全不同。其次，谈到了墨竹画的创作群体，“多出于词人墨卿”，也就是说这类人与苏轼、文同一样是业余文人画家，而不是以画谋生的职业画师。最后，谈到了墨竹画的创作目的：“盖胸中所得，固已吞云梦之八九，而文章翰墨，形容所不逮，故一寄于毫楮，则拂云而高寒，傲雪而玉立，与夫招月吟风之状，虽执热使人亟挟纩也。至于布景致思，不盈咫尺而万里可论，则又岂俗工所能到哉？”

墨竹这一画科的创作目的和创作群体，全然迥异于其他传统画科，其所倡导的文人墨戏原则，与当时北宋文坛领袖们，尤其是苏轼的美学思想如出一辙，这种诗、书、画异迹而同体的观念一直延续至近代，由此开启了诗、书、画融为一体的文人画审美传统。

此图采用“折枝取景”的特写，中间两竿竹布局呈“S”形摇曳之态，这种构图与五代之前画家将竹画成甘蔗一般呆板笔直的形态完全不同，而是赋予了它独立的精神与婀娜的风姿，不再成为人物的背景、湖石的依托。此图描绘的是山坳间几株正被狂风吹舞的竹子，画面中央的两株竹子与两侧稍矮的竹丛彼此呼应。扭曲的竹姿与尖峭的竹叶共同组成气韵生动的画面。

坡石以侧笔枯墨皴写，用笔粗放披离。竹干以篆隶笔法运枯墨勾勒而成，虬曲刚健，中留竹节位置。以细笔勾竹枝，枝与枝间顾盼生姿、横斜曲直，用笔健劲，复以浓墨圈写竹节。竹叶则以草书笔意运浓墨写出，笔势奇崛，转腕摧锋间叶尖毕现，仰偃各态，严谨有致，同时积笔成面，疏密有致而现潇洒舒展之态。全图笔墨以书入画，气韵生动，直抒胸臆，为后世文人画之典范。

题息轩（七律）

黄庭坚

僧开小槛笼沙界①，郁郁参天翠竹丛。
万籁②参差写③明月，一家寥落共清风。
蒲团禅板无人付④，茶鼎熏炉与客同。
万水千山寻祖意，归来笑煞旧时翁。

注释

①〔沙界〕佛家语。谓多如恒河沙数的世界。《文选·王简栖〈头陀寺碑文〉》："演勿照之明，而鉴穷沙界。" 李善注："《金刚般若经》曰：诸恒河所有沙数佛世界，如是宁为多不？" 苏轼《观湖》："回首不知沙界小，飘衣犹觉色尘高。"

②〔万籁〕指各种声响。

③〔写〕通"泻"。

④〔无人付〕谓寺院中空无一人，难以参禅。

诗歌赏析

唐宋时期，佛教得到大力弘扬，并不断本土化，形成了禅宗文化。禅在梵音中念作“禅那”，指禅定、禅修等意思。禅宗以觉悟众生本有之佛性为目的，舍离文字义解，直彻心源。黄庭坚与禅宗有着很深的渊源，《五灯会元》卷十七将他列为临济宗黄龙派的居士，嗣法黄龙慧南弟子黄龙祖心。他曾以“似僧有发，似俗无尘”自嘲，自言“喜与禅僧语”。元丰七年(1084)，他的继室介休殁于官所，其又受“乌台诗案”牵连，仕途坎坷，遂作《发愿文》。此后二十年，他以茶代酒，将儒佛思想紧密结合，形成了“超世而不避世”的人生态度与“俗里光尘合，胸中泾渭分”的性格。贬谪黔州、宜州期间（1094—1105），他于禅学深造自得，勘破心念，照见心性本体，面对逆境时的心态更加平和。禅宗义理不但影响了他的诗学观念，也深深地影响着他的诗词创作，后人甚至评其“惟本领为禅学”。

此诗即山谷禅意诗的代表作。诗人罕见地没有用典，而是以简洁典雅的语言，细腻而含蓄地描写息轩中的各种意象，通过小槛、沙界、翠竹、明月、清风、蒲团、禅板、茶鼎和薰炉等，营造出一种寂静、清丽的禅境氛围。这些意象相互交融，展现了诗人内心追求安定和超脱尘世的渴望。

诗题中的“息轩”，原为司命宫杨希孟调息修真之所。杨希孟号醇叟，精相术，喜吹铁笛，传能驱使鬼神，取物于百里之外，事见于《春渚纪闻》。苏轼曾赋《司命宫杨道士息轩》，另有南宋方岳《息轩》、王良臣《息轩》等。

首联中的“沙界”即“一沙一世界”，意指佛教世界。“笼”字用得极生动，清寂的氛围感陡增。僧人打开小槛（小窗），眼前的景物笼罩在一片真如的世界中：映入眼帘的是丛丛翠竹，郁郁苍苍，高耸入云而有参天之势。首联表现了禅院景观的生机盎然，为画面增添了绿色的律动感。诗人也通过小槛这个特定的视角，展开全诗前二联关于息轩周围景观的描写。

颔联则继续深入描写这一禅院，为后二联的情感转折做好铺垫。禅院的丛树，因清风徐来，发出各种声音（万籁），明月如泻，树影斑驳。万籁与明月交织，使整个寺院显得异常寂寥而清丽。与首联相承，诗人在慨叹槛内的自己身处尘世，万千烦恼丝让他身不由己，宦海沉浮，几经困顿。槛外却一片清寂世界，借境观心，直照真如本来。然而这小槛之隔，何尝不是诗人反身而诚、背尘合觉且乐莫大焉的第一等事呢？

颈联则描写诗人在息轩里自在自为又自得其乐的寻常状态。“无人付”三字颇有嚼味，可见诗人是息轩的常客，许是多次随东坡先生来此禅修的缘故。亦见诗人坐禅的用力之恒、用功之勤。坐禅用功的蒲团和靠身的倚板无人吩咐，自取便是；坐禅时，辅助入禅定的器具如茶鼎、香炉等，则与其他修禅的客人共同使用，也暗含了息轩中无人共与谈佛说禅的遗憾。

尾联表达了诗人历经长途跋涉，寻求西来祖师的禅那真谛，结果在息轩却并没有遇到可以参话头、斗机锋的对象，感到失望与遗憾。“笑煞”与“旧时翁”用得妙，作者归来后，又似乎觉得自己当时“我执”的外求有些可笑，自嘲中似有豁达与开悟之意。回看“蒲团禅板无人付”，是多好的禅机，意味着只有独自承当、不假外求，才能领略禅悦法喜。诗人透过槛外之景，感受到禅院之美，也领悟了禅法之乐，对比起昔日尘俗之虑，此时何等满足。

溪山兰若图　元末明初　陈汝言

陈汝言（1331—1371），字惟允，号秋水，别号清癯生，临江清江（今江西樟树）人，元末明初著名画家、诗人，为“吴门画派”先驱。陈汝言与兄陈汝秩（字惟寅）齐名，时人呼为“大髯小髯”。陈汝言工诗善画，山水远宗董巨，近师赵孟頫，笔墨秀润，意境幽深。亦擅青绿山水，赋色着彩有李思训风致，瑰丽奇伟。

陈汝言为人矜伉，倜傥知兵，张士诚据苏州时他尝参与军事。洪武初，官至翰林检讨、济南经历，后受胡惟庸案所累被杀，临刑犹从容染翰，人谓之“画解”。晚明钱谦益赞其此状堪与古豪杰相提并论，事见于《列朝诗集小传》。陈汝言与顾瑛、杨维桢、张雨、倪瓒、王蒙等人关系密切，因其技艺奇绝、画风独特，常于“玉山雅集”中尽显风采。尤其是他的“弹雪”之法，更是传为佳话。洪武三年（1370），王蒙知泰安州，官署有楼面泰山，王蒙张绢素于壁，兴至捉笔，三年图成。时陈汝言自济南往访，天正大雪，蒙欲改作雪景，而难于设色。汝言稍思后，即以小弓挟粉笔弹之，俨如雪飞，王蒙叫绝，以为神奇，遂改题为《岱宗密雪图》。

作者自题的款识为：“溪山兰若。庚戌七月望日，秋水陈汝言写。”由此可知该画作于洪武三年（1370），“兰若”即佛教用语“阿兰若”，原指旷野、荒凉之地，后泛指修道人禅修的寂静处。此图布局疏朗简阔，兼具三远之妙。画中近峦、远峰、白云、水口呈多重“Y”形交错层叠，简中有变，尤其呈危倾之势的舟楫人物沿壁驶去，与前景大面积留白的水面形成强烈的空间疏密对比，颇为奇绝，不落俗套。

前景水面平阔无波，水口涯岸犬牙参差，山溪汩汩，一舟子正撑起长篙，似载客访寺后归去。中景一巨峦兀立，坡石嶙峋，左右二巨峦交叉拱抱，苍松高拔，郁郁葱葱，云雾缭绕而变幻万千，山寺缥缈其间。远山苍翠，拾级而上，方见一楼宇掩藏于两山峭壁之间。远景则青山隐隐，空蒙莫辨，飞升于烟光云起之间。远峰插天之势，迢递于千里之外。

画中山石以淡墨枯笔勾写，结构转折处多作卵石，以短条子皴与披麻皴勾写肌理，复以淡墨渲染出阴阳向背，再以清水淡墨刷染整体，以状华滋秀润之气。然后以浓墨枯笔复为勾皴，用笔于苍秀间见奇崛，强其骨力与体量感。用破笔焦浓之墨点苔，以强其苍厚之势，亦增加笔墨层次与点画的节奏感。前树用破笔勾写根枝，细笔攒写半圆针叶，墨气或森重浓烈，或简淡秀润。以淡墨渲染云雾，随意横点状写远树。远山以淡墨湿笔刷写，留白衬出云雾。以细笔浓墨勾写山寺楼宇，瓦顶略作渲染。以湿笔浓墨勾写舟楫，墨色氤氲而骨力嶙峋。人物则以淡墨细笔草草勾写，略染衣襟，意似便已。

春怀示邻里（七律）

陈师道

断墙着雨蜗成字①，老屋无僧燕作家。
剩欲②出门追语笑，却嫌归鬓逐尘沙。
风翻蛛网开三面③，雷动蜂窠趁两衙④。
屡失南邻春事约，只今容有⑤未开花。

作者简介

陈师道（1053—1102），字履常、无己，号后山居士。彭城（今江苏徐州）人。师从曾巩，官至秘书省正字，为江西诗派代表作家之一。诗好苦吟，推崇杜甫，但作品较生硬艰涩。著有《后山集》。

注释

①〔断墙着雨蜗成字〕谓雨后颓圮的墙上，留下蜗牛爬行的痕迹，像一行行篆体字。

②〔剩欲〕真想，颇欲。

③〔蛛网开三面〕用典出自《吕氏春秋·孟冬纪异用》："汤见祝网者，置四面，其祝曰：'从天坠者，从地出者，从四方来者，皆离（通罹）吾网。'汤曰：'嘻，尽之矣！非桀其孰为此也？'汤收其三面，置其一面，更教祝曰：'昔蛛蝥作网罟，今之人学纾。欲左者左，欲右者右，欲高者高，欲下者下，吾取其犯命者。'"

④〔雷动蜂窠趁两衙〕众蜂簇拥蜂王，就像朝拜时两旁侍立的众官，称为"蜂衙"。任渊注引《埤雅》称："蜂有两衙应潮。"盖蜂排衙是海潮将涨的征兆。

⑤〔容有〕容或有，也许有。

诗歌赏析

陈师道出身于仕宦之家，后家道中落，生活困窘。少时好学苦读，十六岁拜曾巩门下。熙宁中，王安石经义之学盛行，陈师道心非其说，遂绝意功名。元丰四年（1081），曾巩奉命修本朝史，荐师道为属员，因布衣而未果。直至元祐二年（1087），因苏轼举荐，才起为徐州教授。元祐四年（1089），苏轼出任杭州太守，路过南京应天府，陈师道到南京送行，因擅离职守，被劾去职。不久复职，调颍州教授。绍圣元年（1094），他被朝廷目为苏轼余党，罢职回家，日常拮据却专力写作，欲以诗文传后世。

元符三年（1100），复起为棣州教授，赴任途中改除秘书省正字，未上任。这首诗即作于这一年的春天，时诗人贫居在家乡徐州，生活清苦，以诗书自遣。这首七律是他写给邻居寇十一的，表达了诗人凄苦寂寥的生活和心境，也委婉地流露出对世路艰辛的愤慨，以及对命运转机的期盼。

此诗是诗人学杜甫之力作，无论从立意还是章法上，都向杜甫的《登高》致敬。杜甫的《登高》是四联对仗，对声律的运用已达圆通之境。而此诗虽不如老杜的整饬坚实、深沉雄健，却也精练美致，采取“三联对仗，一联散句”的格式，形成三紧一松的节奏。全诗语言峭拔生新，点铁成金；情感深细，意境新奇。

首联描绘的是春雨连绵的萧瑟景象与贫居老屋的破败冷落。“断墙”与“老屋”属严对，词性相当，状所居之破陋。“蜗成字”与“燕作家”亦属严对，形容居所除了破败，还久无人居，语多戏谑自嘲。“着雨”和“无僧”属宽对，使首联严整工稳而不至于艰涩呆板。残破的断墙被雨浸湿，蜗牛爬过之处留下的黏液，如同歪歪扭扭的篆文一般。老屋长时间无人居住，任凭燕子自由筑巢。“无僧”二字实为虚写，有自嘲意，意指诗人如游僧一般常年浪迹在外，居无定所。

颔联两句表达诗人有意出门踏青，寻些笑语来打发苦闷，却又嫌弃游完归来时两鬓会沾满风尘。萧然凄绝中，可见诗人生活的不得意，又隐喻诗人虽处困顿，但依然保持傲然于世的态度，宁肯闭门苦吟，也不愿在风尘中追逐。

颈联则即景抒情。屋角的蛛网，檐口的蜂巢，在“风翻”“雷动”的情况之下，居然成了破败老屋的二景。“网开三面”典出《吕氏春秋》，后演变为成语“网开一面”，意指对犯错之人采取宽大的处理，是上古仁政的表现。“两衙”，指众蜂列二队簇拥蜂王，如排衙状。据任渊注《坤雅》，此可喻为征兆之意。此二处足见诗人活用典实的功夫与工于兴寄的技巧。诗人先写风翻蛛网，却网开三面，如此给雷动蜂衙留出余地。这隐喻诗人受党祸牵连，感喟人都不如世间微物那样尚有出路。语多叹世路崎岖、穷途之感。

尾联则是基于种种现实的困窘，邻居寇十一几次以春事相约，诗人为屡次失约而深表歉意。“容”字用得好，与上联的“趁”隔联相承，意指诗人对仕途仍抱有幻想。所以尽管屡次失约，但诗人又期许、幻想着还有机会，或许还有未开的花儿呢！这又何尝不是诗人对未来出路与命运转机的期盼呢？然而现实却令人唏嘘，两年后，诗人在贫困交加中，因无衣御寒致病而死，年仅四十九岁。

艺术手法上，此诗反映宋诗的新趣味还在于，它在看似纯粹、地道的白描形象中暗暗地运用典故，看似非常琐细，其实大有来头。结构则跳跃错落，写景、叙事隔联相承，处处体现诗人细致、求新的构思。方回《瀛奎律髓汇评·卷十》赞此诗曰：“淡中藏美丽，虚处着工夫，力能排天斡地。”

杂画册之四 清代 闵贞

闵贞（1730—1788），字正斋，号蓼塘居士。江西南昌人。长期在扬州以卖画为生。有孝行，称“闵孝子”。清中期著名画家，“扬州八怪”之一。其画学明代吴伟，善画山水、人物、花鸟，多作写意，用笔魄力沉雄，笔墨超逸奇纵，偶有工笔之作。他的人物画最具特色，线条简练自然，有流动感，衣纹随意转折，豪迈绝伦。画仕女善用直笔勾勒，形神毕肖。

画作赏析

世必有非常之人，然后有非常之事；有非常之事，然后有非常之作。相传，当时求闵贞作画的人很多，时两湖总督曾强迫他画像，他却远逃北京，不肯屈服。在北京，又有显宦勒令其作画，他宁可受辱挨饿，也不肯落笔。但贫贱者求画，他无不应允，甚至主动作画，借金接济。其人有秦汉古贤遗风，其画也奇纵豪迈，所谓人品画品同一也。闵氏画风，另对朝鲜画家产生过一定的影响。

闵贞的人物画成就最大，也最具特色。他的山水画亦能独辟蹊径，自开面貌。笔墨苍秀奇纵，魄力沉雄，颇得巨然神趣。此图为《杂画册》之四，册页小品通常尺幅不大，重在笔情墨趣。画面描绘的是春日村居之景，构图简括。前景山石嶙峋，崖台临水，春树荫翳，浩浩有古风。山径互转不见。中景为画心，二崖石危倾呈“Y”字展开，村居孤矗于峭拔的巨峰之下，泉瀑直泻，宛如听得见潺潺涧流。远景则青山隐隐迢迢，山色空蒙，云泉罥烟。人踪罕绝鸟迹稀，而此幽居，真神仙中人之仙境。

图中山石轮廓以角形线勾出，山石结构、肌理以枯墨侧锋皴斫，以折带皴与斧劈皴为主，用笔豪迈沉着，苍劲而松秀。趁湿气未干，画家以淡墨湿笔皴染出山石阴阳向背，兼用枯笔浓墨复勾轮廓，增强笔墨层次与画面节奏感。泉瀑随意勾写，留白妥当。远山则以淡墨湿笔草草铺写，留白状云，不费妆缀。以篆隶笔法勾写丛树干枝，以米氏横点铺写树冠，墨色洇渗自然，氤氲成片，远山秀润与近山山石苍厚对比强烈。村居屋舍则白描而已，意思简当，与墨笔远山互衬互映，所谓“计白当黑”是也。

谢赵生惠芍药三首·其三（七绝）

陈师道

九十[①]风光次第分[②]，天怜[③]独得殿残春[④]。
一枝剩欲簪双髻，未有人间第一人。[⑤]

注释

①〔九十〕指春季九十天。

②〔次第分〕指群花依次开放。

③〔怜〕爱怜。

④〔殿残春〕殿，本指殿后的尾部军队，此作动词，指春季将尽时独占春光。陶谷《清异录》："唐末文人有谓芍药为'婪尾春'者。婪尾酒乃最后之杯，芍药殿春，亦得是名。"

⑤〔一枝剩欲簪双髻，未有人间第一人〕剩欲，真想。这两句意谓：我真想把这一枝芍药簪在某人的双髻上，但世间却没有人配得上插这枝花。这两句表现芍药目空一世之风神，别出心裁，从虚处着笔，侧面烘托出芍药的人间无匹，抒发自己政治失意之愤慨，并见其兀傲之性格。

诗歌赏析

陈师道一生安贫乐道，闭门苦吟，著有《后山集》《后山诗话》等。常与苏轼、黄庭坚等人唱和，为“苏门六君子”之一。受黄庭坚影响，他作诗“无一字无来历”，山谷说他“闭门觅句陈无已”，陈师道自说“拆东补西裳作带”。其诗风拗峭精警，朴拙瘦硬，人称“后山体”。其后又觉山谷诗“过于出奇，不如杜之遇物而奇也”（《后山诗话》），因而转学杜甫。虽未臻杜老圆融雄浑之境，时见拗涩，然其遣兴体格、风骨逼近杜老，且句法精练，辞意独造，枯淡瘦劲，情味深幽。方回在《瀛奎律髓》中提出“一祖三宗”之说，即以杜甫为“一祖”，以黄庭坚、陈师道和陈与义为“三宗”。方回又评：“老杜诗为唐诗之冠，黄、陈诗为宋诗之冠。”

陈师道早年娶郭概之女为妻，迫于生计，妻女皆在岳父家就食。元符三年（1100）冬，他到郊外夜守皇陵，无衣御寒，其妻遂借连襟赵挺之皮衣。他深以为耻，责妻曰：“汝岂不知我不著渠家衣耶！”其高介有节，可见一斑。

熙宁中，朝廷用王安石经义之学取士，陈师道不以为然，不去应试，遂为布衣身。直到三十五岁，经苏轼荐为徐州教授。绍圣中，诗人被目为苏轼余党而罢职，后因母亲去世回乡，此诗即作于回乡后的第四年。原诗共三首，此为其三。诗题中的“赵生”即赵姓后生，“惠”即赠送之雅称，“芍药”指木芍药，即牡丹花。诗人通过描写木芍药之美，表达了对赵生的感激之情。此诗借物抒怀，情味深幽而内蕴哲思，体现了诗人咏物诗工于兴寄的特色。

起句即突兀而起，引人入胜，将读者带入一个传说中的广阔之境。“九十风光”化自五代诗人卢士衡《题牡丹》

"风光九十无多日"句，意指春季的花期有九十天。"次第分"即次第有序地分配。上天把春季的九十天风光都次第有序地分配给鲜花。如此，便把读者带到姹紫嫣红、争奇斗艳的花海世界，为下一句牡丹花的出现做好情绪的铺垫。

承句中的"天怜"指上天的厚爱，"殿"指殿尾、最后。因上天的偏爱，牡丹花独得生机，司春女神让它最后分享春意，意指牡丹耐开的品质。此句为名句。诗人写牡丹没有用一般描写其形、色、香的套路，而是采取侧面描写，虽用白描手法，实则不动声色地状出牡丹之质。"独""殿"二字用得极熨帖，意蕴非凡，牡丹在众芳摇落中独揽春风的形象呼之欲出！诗人一则感慨牡丹的天资之好，但在人间际遇不佳；二则借花抒怀，抒发诗人对自己命途多舛的喟叹。

垫句为结句做好铺垫。诗人特别想把这一枝美丽的牡丹花插戴在谁的双髻上？"剩欲"指极想。"簪"指以发簪插戴。"双髻"，古代未婚女子的左右两个发髻称双鬟，亦称双髻。老年男性亦梳此发式，故此句所指不言而喻，即诗人欲自簪花也。

结句堪称一绝，诗人以否定式肯定的句式来收束全篇，以人间无人配戴，反衬花之完美，这是高明的表现方法。承接上句，诗人极想把一枝牡丹插戴在某人的双髻上，但是，天底下再也没有第一等风流人物了。"第一人"，借用杜甫《哀江头》中"昭阳殿里第一人"句意，然杜甫的下一句"同辇随君侍君侧"，恰恰是老杜的本意所指，诗人用此一词可谓隐僻折拗，真得老杜手段。诗人以牡丹自我隐喻，而花不遇美人的境况，正寄寓了自己怀才不遇、世路艰难的感慨。

春色满园图　近现代　陶博吾

陶博吾（1900—1996），原名文，字博吾，号国顺，别署简朴斋、白湖散人等。九江彭泽人。近现代著名诗人、书画家。其书画沉雄厚重，古傲拙朴而奇异生动；其诗情感真挚、意境超远，卓然有大家风。他一生淡泊名利，不求闻达。其诗、书、画造诣皆深，人称“三绝”，与黄秋园、陈子庄、张朋并称现当代“在野派四大家”。

陶博吾于1926年考入南京美术专科学校，师从沈溪桥、梁公约、谢公展诸先生。1929年考入上海昌明美术专科学校，随黄宾虹、王一亭、潘天寿等先生学习书画，随曹拙巢先生学习诗文。作为传统文人，陶博吾将“有声画”与“无声诗”融为一体。他的山水不求形似，重在意趣和意境的营造，通过题画诗或记文等随感式文字的点染，使画作带有一种强烈的苦涩感与沉重感。如果说李可染的厚重是层层积染而成的，那么陶博吾的厚重则是以篆籀笔法入画得来的，一笔即显沉雄厚重，无须妆缀。而他作品中的苦涩感，则是其一生苦难遭遇的写照及人画俱老的炼成。

陶博吾的花鸟画风格独特，天真率意、稚拙古朴。此幅《春色满园图》即大写意牡丹画的精彩之作，从题跋中可知此画作于1979年，时年画家七十九岁，画付长孙留念，可见祖孙情深。画中另有题诗：“昨夜星辰昨夜风，荒台寥落楚江空。繁华我亦随人意，戏写深红春一丛。”诗中化用李商隐、王昌龄句意，第三句互转己意，末句点题。全图布局疏朗简括，笔墨有吴派大写意之遗风，可见画家在艺术上极为推崇吴昌硕，受其影响至深。与此同时，画家又能独出己意，线条纵横交错、自由舒展，于苍劲老辣中又见天真烂漫，通过简括凝练的笔触和浓烈的色彩传达出花鸟画的神韵和生命力。

画中牡丹的花头以西洋红运侧笔铺毫刷写而成，仰偃各态，色彩浓烈，用笔沉着厚重。老干则以石鼓文篆籀之笔运淡墨湿笔勾勒而成，遒劲凝重，浑厚朴茂。复以草篆笔意勾写细茎，穿插交错，舒展间尤见笔力。进而以淡墨湿笔刷写叶片，趁湿气未干时以细笔浓墨勾筋，墨色洇渗如“锥画沙”，尤见骨力而增加了体量感。画家再以尖笔浓墨攒写花蕊，于空疏处以淡赭勾写新茎，秃笔蘸西洋红点写花萼，实为最后补笔，与花头的西洋红上下互衬互映，既增加画面层次，又增强了全图点、线、面的节奏感。

雨晴（七律）

陈与义

天缺西南[1]江面清，纤云不动小滩横。
墙头语鹊[2]衣[3]犹湿，楼外残雷气未平。
尽取微凉供稳睡，急搜奇句报新晴。
今宵胜绝无人共，卧看星河尽意明[4]。

作者简介

陈与义（1090—1139），字去非，号简斋。河南洛阳人。北宋末南宋初诗人。陈与义诗尊杜甫，语意超绝，笔力横空，疏朗明快，自然浑成。他被尊为江西诗派“三宗”之一。著有《简斋集》。

注释

①〔天缺西南〕谓西南方露出一角晴天。

②〔语鹊〕啼唤着的喜鹊。

③〔衣〕代指喜鹊的羽毛。

④〔尽意明〕谓夜色清朗，银河显得格外分明。尽意，着意。

诗歌赏析

陈与义是两宋之交的著名诗人，诗尊杜甫，也推崇苏轼、黄庭坚和陈师道，号称“诗俊”，与“词俊”朱敦儒、“文俊”富直柔等人同列“洛中八俊”。他的七律逼近杜诗，沉郁悲壮，雄阔慷慨；五律则以清迥峭刻见长。他的五言写景造意接近谢灵运、柳宗元，造语工致，清新自然；七绝则重意趣，格调清婉。其诗或工于兴寄，或活用典实，屡见新意，耐人寻味。他亦擅词作，豪放处尤近苏轼，笔力横空，自然浑成。陈与义作诗重锤炼，有与陈师道相似之处，但他重意境、擅白描，与黄庭坚的善用典、奇而刚迥然有别，故吕本中作《江西诗社宗派图》，并未列陈之名。元代方回在《瀛奎律髓》中称杜甫为江西诗派的“一祖”，将陈与义与黄庭坚、陈师道并称为“三宗”。

陈与义的诗歌创作可以金兵攻打中原为界线，分为前后两个时期。前期诗作多表现个人生活情趣，词句明净，诗风明快，很少用典，清新可喜。南迁之后，他因国破家亡，颠沛流离，经历了和杜甫在安史之乱时颇为相似的遭遇，而转学杜甫。但他不像其他江西派诗人那样，学杜只从句律用字着手，而是如杜甫般把个人的遭遇和国家的命运融合在一起，题材广泛，感时伤事，写了不少寄托遥深的诗篇。无论思想内容还是艺术技巧，他都比江西诗派的很多诗人成就更大，无愧于诗派中的改革者。

宣和四年（1122），陈与义担任太学博士，受到了皇帝的器重。也许觉得自己可以施展才学，他的心情略有变化，面对夏末秋初，天气转晴，骤雨方歇，他写下了这首《雨晴》。此诗描绘了雷雨过后的自然景象，抒发了诗人感受雨后新凉的舒畅喜悦的心情。

首联采取仰视天空的视角，描绘雨后初晴的景象。起句中“天缺西南”，意思是西南方的天空已露出了蔚蓝，隐喻“晴”，“江面清”三字是以江面的清澈来映衬天空西南方的晴明之色。对句中“纤云不动”，写白云纹丝不动之状。“小滩横”三字承接“江面清”，比喻一抹云纹丝不动，似横亘在江面的小滩。这两句前四字都用白描手法绘实景，后三字都用比喻对实景加以形容，两个比喻前后照应，使二句之景融为一体，形成一幅画面完整、形象生动逼真、色彩鲜明且富于立体感的山水画。

颔联对仗工整，是七律的基本要求。诗人的视线经墙头鹊叫自然地由仰视转为平视，感官由视觉转向听觉。起句的“犹湿”，既写出了雨后初晴，又表现了墙头喜鹊因雨晴而喜悦，以及不顾湿羽未干而喳喳不停叫唤之急切，其情态活泼可人。对句则随“残雷”的低鸣，由起句的形声兼顾转向以写声为主。诗人居楼中，而楼外的“气未平”三字，写出了雷声不甘于立即销声匿迹的情状。这一联，喜鹊能“语”又有“衣”，雷声虽“残”尚有“气”，运用了拟人手法，使诗句富有生气。清脆的鹊语与低沉的残雷形成对比，和谐一致，交织成一首雨晴时大自然的交响曲。

颈联呼应首联，同写雨晴，不同之处在于前者重在视觉感受，此联则用叙事手法，抒发作者对雨晴的喜悦之情。雨后微凉引起睡意，雨后新晴牵动诗情，但诗情胜过睡意。“尽取”“微凉”“稳睡”“急搜”“奇句”“新晴”这六个带修饰意味的词，使两句记事诗句具体可感。“供”“报”二字用得极妙，“供”说明“微凉”是自然给人的馈赠，“报”是作者因自然的馈赠而感动，急忙动起诗情写出神奇的诗句报答自然，这是人与自然、自然与人的和谐共生。

尾联二句仍叙事，但事中有景，景中寓情。对句“卧看星河尽意明”，化用杜牧《秋夕》中的“卧看牵牛织女星”句，只是没有杜诗中的寂寞感，而是兴致盎然。雨晴后的今夜，绝胜平日却无人共享，有何憾？不如一人卧看星河的灿烂，神游八表。“尽意”二字，不仅描绘星河的明澈，更赋予星河以生命，让它充分绽放光彩，也报答雨后的新晴。

通观全诗，诗人捕捉住雨后初晴时自然景象变化的瞬间，以乍晴的天空、飘浮的白云、争喧的鹊鸣、低沉的雷声，构成了多层次、多角度的气势恢宏的绚丽景观。诗中虽未着一“情”字，但喜悦之情早已从写景叙事的字里行间喷涌而出，全诗清丽雄浑，奇趣横生。难怪清代诗评家贺裳赞曰：“陈简斋诗以趣胜，不知正其着魔处，然俊气自不可掩。”

和风烟雨图　明末清初　胡皋

胡皋（1570—1649），字公迈，婺源（今江西婺源）人，明末清初著名画家。善画，可追顾（恺之）、陆（探微）。工书及诗歌文辞。天启（1621—1627）中随将军赵佑宣抚朝鲜，朝鲜人得其片楮视如珍宝。在使馆期间，砚为之穿，因著《穿砚赋》。归国后，逢魏忠贤当权，因不满时政而归隐家乡，以卖画为生。性介，每罄空辄作画易米，后于老迈贫困中死去。

画作赏析

婺源地处皖浙赣三省交界，原属徽州府，新中国成立后划归江西，先后属乐平、浮梁专区，今为上饶市辖县。值得一提的是，古徽州府山明水秀，境内黄山更是仙秀绮丽，优越的地理位置加上明中后期徽商的壮大，境内经济繁荣，文化昌明，艺术也得到了空前的发展，聚集了大批徽籍艺术家。到了明清鼎革之际，境内诞生了一个中国艺术史上举足轻重的画派——新安画派，画派成员面对新政权的统治，或隐居不仕，或遁入空门，并以绘画的形式表达对故国的思念和对清王朝的不合作态度。他们冲破了以“四王”为代表的正统派“步履古人，模仿逼肖”的摹古画风，高举“师法造化”的大旗，以遗民苍凉傲兀之心，将中国山水无尽的精神、情趣与品格诉诸毫端，开创了笔墨清逸、萧散幽冷的画风，具有鲜明的士人超逸格调，为元明文人画正统的继承者与发扬光大者。

大概是胡皋秉性耿介疏懒之故，在史籍中未见其与新安画派成员有交集，然从他现有的作品看，笔墨大多冷逸萧散，是正宗新安一派文人画风。此幅《和风烟雨图》若遮去名款，笔墨气息与查士标几乎无异，二者同师法米氏父子的云山烟树，笔法荒率纵横，湿墨淡笔渲染，逸笔草草且水墨淋漓，又融合了董其昌秀润高华的笔意，于粗放豪迈中又显萧散爽朗之致。

此图为“一江两岸”式布局，疏朗简阔，具平远之妙。水涯呈多重“之”字形交叠，增加了画面节奏感。前景坡岸自右斜出，高树仿佛呼啦啦摇曳，风雨摧绝。二椽草庐掩映其间，篱笆与溪桥左右相对，接于涯岸而出于画外。中景烟江浩渺，长堤如犬牙上下交叠，风雨如晦，林木飘摇，明暗之间村居隐隐。远景则群山叠嶂，山岚罥烟，风起云涌，浮动于疏枝密叶之间，亭台隐没于有无，恍惚难名。

全图以湿笔写出，水墨淋漓，萧散秀逸又苍润华滋。笔法上则以草书入画，逸笔草草，极具书卷气。山石以湿笔勾皴，仰偃正侧转腕间，复以破笔湿墨点簇，又以浓墨铺毫点染相间，墨色洇渗自然，破笔落茄点苔，增强画面节奏与笔墨层次。涯岸以湿笔淡墨皴写，兼作复笔以强其骨。丛树根枝以草篆笔法勾写，笔力苍劲，树冠或侧笔铺毫运浓墨刷写，或破笔淡墨草草点簇，浓淡相破，墨色渗化生发出自然郁勃之气。房舍亭台则简笔白描而已，与周边墨笔形成“计白当黑”之妙，疏密对比强烈。远山为淡墨一痕，溪桥写意概括，意似便已。

牡丹（七绝）

陈与义

一自[①]胡尘[②]入汉关[③]，十年伊洛[④]路漫漫。
青墩[⑤]溪畔龙钟客[⑥]，独立东风看牡丹。

注释

①〔一自〕自从。

②〔胡尘〕代指金兵。

③〔入汉关〕攻入中原。

④〔伊洛〕伊水和洛水，代指洛阳。

⑤〔青墩〕镇名，在今浙江桐乡之北。

⑥〔龙钟客〕作者自称。龙钟，老态。时简斋四十六岁，三年后去世。

诗歌赏析

这首诗作于作者南渡后的绍兴六年（1136），诗人寓居浙江桐乡，虽身离官场，却心系国家。诗人本是洛阳人，异地赏牡丹，不免忧伤，于是借咏牡丹以抒发忧时伤国之感和思念故园之情。在构思和手法上，这首诗与杜甫的《江南逢李龟年》极为相似，只是杜诗更加含蓄。

诗题是咏物，诗的内容实际上是借物抒怀，所以不用咏物诗格，而是一开始就回叙当年以寄怀。金兵伐宋，卷起战火烽烟，民不聊生，中原失陷已十年之久。自己漂泊了漫长的十年，难回故地，也赏不到洛阳牡丹。

诗的第二、三句，化自岑参《逢入京使》中的“故园东望路漫漫，双袖龙钟泪不干”。岑参只是写怀乡，诗人却道尽国仇家恨，足见诗人活用典实之功力，尽脱江西派拗涩生硬之气，化古为新，耐人寻味。其中“路漫漫”三字意蕴尤足，既道出国家蒙尘之久、漂泊之艰，又道出思乡之苦和对前途渺茫之喟叹。由国事、家事、自身事，次第有序地逼出诗的后半篇。

诗的第四句化用张唐英《题传舍》中的“小臣有泪皆成血，忍向东风看牡丹”，但诗人化用得无一点斧凿痕，情感也更沉痛深刻，不愧是简斋手段，深隐高明而能自然浑成。诗人客居桐乡，在青墩的溪畔，看着这老态龙钟之身，东风拂起霜鬓，他默默对着牡丹独自悲怆却不肯离去。诗人不独为赏牡丹，而是借物伤怀，所怀者即前句“路漫漫”的浩浩心事。全诗到末句才恍然点题“牡丹”，如此收束全篇，可谓一波三折。至此，前三句所表达的强烈情感，才显得合情又合理，末句实属点睛之笔。原来牡丹才是引发诗人悲苦欲泪的因子，可谓语老情深而含蓄幽折，使全诗更具嚼味。确如楼钥在《简斋诗笺叙》中所言："用事深隐处，读者抚卷茫然，不暇究索。"

此诗前二句回忆家国往事，既有岑参"故园东望路漫漫"那情真意切的意味，又有屈原"路漫漫其修远兮"那种对希望渺茫的感喟。

全诗苍凉悲壮、沉郁慷慨、言短意深，借咏牡丹抒发对故乡的怀念、对金兵的仇恨，成为诗中强烈的弦外之音。无怪乎葛胜仲赞陈与义晚年"赋咏尤工"，实非虚语。

红牡丹图　五代宋初　徐熙

徐熙，生卒年不详，但可知其卒于宋灭南唐之后。钟陵（今江西进贤）人。五代宋初杰出画家，江南花鸟画派之祖。擅画江间汀花水鸟、虫鱼蔬果，常游园圃，观察动植物情状。所作禽鸟，形骨清秀。所画花木，一变前人细笔勾勒、填彩晕染的方法，而改用粗笔浓墨，草草写枝叶萼蕊，略施杂彩，色不碍墨，不掩笔迹，人称“落墨花”。时称“江南花鸟，始于徐家”。宋人将其与后蜀黄筌并称为“黄徐”，有“黄家富贵，徐熙野逸”之评。

画作赏析

徐熙出身于江南名族，生于唐僖宗光启年间，后在宋开宝八年（975）随李后主归宋，不久病故。一生未仕，郭若虚称他为“江南处士”，沈括说他是“江南布衣”。其性情豪爽旷达，志节高迈，善画花竹林木、蝉蝶草虫，其妙与自然无异。徐熙画在南唐甚受重视，为后主李煜所欣赏；在宋代也享有很高声誉，宋太宗见徐熙所画安石榴，以为“花果之妙，吾独知有熙矣，其余不足观也”。他与黄筌都代表了五代花鸟画的新水平，具有重要历史地位，然宋人又说：“黄筌神而不妙，赵昌妙而不神，神妙俱完，舍熙无矣。”徐熙也被誉为“江南绝笔”。米芾更赞道：“黄筌画不足收，易摹；徐熙画不可摹。”对徐熙推崇备至。

米芾《画史》说：“徐熙《风牡丹图》，叶几千余片，花只三朵，一在正面，一在右，一在众枝乱叶之背。”此幅《红牡丹图》应是小品尺寸，虽非“叶几千余片，花只三朵”的奇构巨制，却也能从中管窥徐熙另一路设色花卉的风采。图中一枝牡丹自左伸出，花瓣绽放，花头如斗大，叶片舒展，占据画幅大半，勾写轻细，造型严谨，设色妍丽明快，传达出一派典雅富丽又充满生机的自然和谐之意，历千年时光依然光彩夺目。

此图采用色彩和墨色自然晕染的“没骨法”来表现牡丹，先以淡墨细笔勾勒出花瓣与枝叶的轮廓，然后以淡墨渲染出花瓣敧正卷舒的前后空间关系，接着在花瓣内侧渲染胭脂色，花瓣轮廓边缘则以侧笔白粉渲染，复以清水晕染，用干笔吸掉多余水分，使水色相融于无痕，状花色近于自然。花头边缘以淡胭脂色罩染，既强化花心与花瓣的主次关系，又增强整体花头的空间透视感。枝叶与花头相类，唯以多重墨反复渲染，近花头的叶托处墨色尤重。复以淡墨渲染茎叶脉络，最后以淡绿罩染，以细笔勾写茎叶，颜色的深淡变化使线条淹没在颜色之中，不见勾勒的笔痕，其妙与自然无异。

恽寿平在《南田画跋》中记载：“徐熙画牡丹，止以笔墨随意点定，略施丹粉，而神趣自足。”纵观此图，深以为然。

题陈德秀画四季枕屏图五首·其一（七绝）

潘大临

乱山深处碧波流，隔岸垂杨系小舟。
无数桃花伴春梦，梦中还作武陵[1]游。

作者简介

潘大临（1057—1106），黄州（今湖北黄冈）人，字邠老，一字君孚，潘鲠之子。曾随苏轼学诗，有《柯山集》二卷，已散佚。今存诗二十余首，其断句“满城风雨近重阳”尤脍炙人口。黄庭坚谓其“蚤得诗律于东坡，盖天下奇才也”（《书倦壳轩诗后》），陆游亦称他“诗妙绝世”。其弟潘大观，字仲达，亦入江西派，惜其诗不传。

注释

①〔武陵〕地名，在今湖南常德。据梁刘昭注《先贤传》曰：“晋代太守赵厥问主簿潘京曰：‘贵郡何以名武陵？’京曰：‘鄙郡本名义陵，在辰阳县界，与夷相接，为所攻破。光武时移东出，遂得见全，共议易号。《传》曰：“止戈为武，高平为陵。”于是改名焉。’”（《方舆胜览·常德府》）。此诗用此，典出陶渊明《桃花源记》“晋太元中，武陵人捕鱼为业”，代指理想之所在，并非实指。

诗歌赏析

诗题中所谓枕屏，为屏风的一种，是宋代设计的放置于榻端的宽矮小型屏具。《器物丛谈》云：“屏风，所以障风，亦所以隔形者也。……又床有屏，施之于床；枕有屏，又施之于枕。”此屏长度接近榻宽，比例低矮横长，造型与当时的大型座屏无异。其体态轻巧别致，屏面上绘山水，置于榻端，有遮光挡风、屏蔽卧态及装饰审美诸功能。

首句起笔高远，描绘幽深静谧的春景。群山连绵起伏，曲折深处，碧波如隐者出山。以“乱山”和“碧波”两个意象，勾勒出一幅深邃而宁静的山水画面，“乱山”深远而神秘，“碧波流”则赋予了这景象以生命力和律动感。诗人诗笔一挥洒，切出重峦叠嶂，小小画屏便让人有极目远眺犹观之不尽的渺远之感，不仅表现出大自然的雄浑壮丽，也暗示了诗人对隐秘而美好事物的向往，寓含了对山林逸趣的追慕。在写作手法上，诗人用“乱山”与“碧波”作比较，前者显得杂乱无章，后者则平静而有序，两者形成强烈的视觉和感觉上的对比，增加了诗句的层次感。

次句则进一步细化画面，通过“垂杨”和“小舟”两个细节，增添了画面的生活气息和动感。碧波出山，遂邀人来亲近；垂杨依依，便泊小舟闲憩，构成了一幅和谐宁静的风光图。这两句诗远近相照，动静相和，以“碧波”串联起“乱山”“垂杨”和“小舟”，使画面更加生动鲜活。一切景语皆情语，“人”自在其中矣，自然而然地表达了诗人对宁静生活的向往，对天地自然的幽思。

诗人工于炼字，一个“乱”字形象地描绘了山势的崎岖和复杂，但绝不喧嚣，“碧”字则准确地捕捉到了水波的色彩和清澈感。诗人通过精练的笔触，营造出一种宁静而深远的意境，除了贴合画作，更符合“枕屏”这种器物的实用场景——放在枕前以助眠。

至第三句，垂杨下的小舟引导着人们把视线转向了水岸，满目桃花迎面而来，色彩缤纷，生机无限。无数桃花在春风中摇曳成诗人的春梦，这不仅是自然的瑰丽，也是心中的绚烂。一个“伴”字，写出了桃花有情，无数桃花相伴，这是何等奢侈又浪漫的“春梦”！

苏东坡说“事如春梦了无痕”，疏朗却沉痛，留下大片空白，心思超然通透；潘大临说“无数桃花伴春梦”，繁复秾艳，簇拥一片芬芳，叫人目骋神驰。

于是，在这样仿佛透出桃花香气的枕屏下安眠，碧水泠泠，是不是就很容易把人送进桃花源里，于梦中出世，得一夜无尘的欢乐呢？

第四句则直接表达了诗人的内心感受，虚实结合，以实写虚，眼前的桃花盛景引发了诗人对美好境界的无限遐想。诗人顺手拈来《桃花源记》“武陵游”的典故，暗暗呼应首句对隐逸生活的向往，将画中的景致与诗人心中的理想国紧密相连。武陵游，象征着对避世桃源的向往，表达了诗人渴望摆脱现实束缚、追求精神自由的愿望。

清代文学家纪昀在《四库全书总目提要》中评价潘大临的诗“才气纵横，落笔生姿”，此诗便是明证。其以简洁的语言，勾勒出一幅幅生动的画面，恬静风光，跃然纸上。同时寓情于景，情景交融，展现了诗人高超的艺术造诣和深邃的情感世界。明代胡应麟在《诗薮》中也称赞潘大临“绝句妙境，每在口耳之外”，意指其诗意境超脱，引人遐思。

画作赏析

八大山人由于明朝宗室的特殊身世和所处的时代背景，即便遁入空门，竖拂称宗师，也躲避不了世俗中的种种凶险，这令他苦恼郁愤，甚至撕裂僧服，佯狂疯癫，始终不肯臣服于新王朝，余生只能“苦泪交千点”。故其所作山水，多取荒寒萧疏之景，剩山残水，抑塞之情溢于纸素，可谓“墨点无多泪点多，山河仍是旧山河”，只有寄情于笔墨，他才能排遣心中的苦闷。邵长蘅在《八大山人传》中说：“山人胸次，汩浡郁结，别有不能自解之故，如巨石窒泉，如湿絮之遏火，无可如何，乃忽狂忽喑，隐约玩世，而世乃目之曰狂士、曰高人，浅之乎知山人也！悲矣！”

桃花源记图　明末清初　朱耷

八大山人一生以明朝遗民自居，他有太多的不得已，所以他的画作不能像其他画家那样直抒胸臆，常常通过晦涩难解的题画诗及特定的题材来表达深邃的思想感情。而《桃花源记》的作者陶渊明恰恰是个极高明的造梦人，他笔下的桃源、南山、东篱、菊酒……几乎成了后世失意者的精神密码，此幅《桃花源记图》正是这样的寄梦之作。图卷描绘了《桃花源记》中“忽逢桃花林……便舍船，从口入……豁然开朗。土地平旷，屋舍俨然，有良田、美池、桑竹之属。阡陌交通，鸡犬相闻。其中往来种作，男女衣着，悉如外人。黄发垂髫，并怡然自乐”

的画面。此图作于丙子（1696）夏七月，时八大山人已七十岁高龄。这个没有战争、压迫与剥削，且恬静和乐、自由平等的梦中理想家园，与八大山人当时所处的动荡不安的现实世界形成鲜明的对比。

此卷构图简阔，布景又奇中求险、险中求平，堪称一绝。图中巨崖呈倒三角状的倾危之势，二崖相倾呈“A”字形交叠，堤岸犬牙相交，桃林密匝，左山与右云皆大块留白，相衬相映，使画心更加聚气。山石、堤岸轮廓以中锋勾出，顿挫有致，松秀而圆劲。复以淡墨枯笔略作皴擦，短披麻皴与折带皴相间，略施淡墨皴染出阴阳向背，留白衬出云气，极冲淡秀朗。进而以圆笔浓墨点苔，增加点画节奏。泉瀑以细笔勾写，复以中墨湿笔刷染，增强笔墨层次。丛树干枝用细笔双钩，略作皴染。桃林用笔细劲苍秀，穿插繁密而笔笔有来处。水纹以淡墨勾出，虽笔细而尤见骨力。屋舍、舟楫勾写简当，略作皴染。人物以简笔勾写，形态妙肖，意似便已。鸡犬则以墨笔勾出，用笔寥寥，却生动形象。

江间作四首·其一（五律）

潘大临

白鸟没飞烟，微风逆上船。
江从樊口[①]转，山自武昌连。
日月悬终古，乾坤别逝川[②]。
罗浮[③]南斗[④]外，黔府[⑤]古河边。

注释

①〔樊口〕在湖北鄂州市西北，长江在此由南流转为东流，此地处在樊港入长江之口，故名。

②〔逝川〕典出《论语》：“子在川上曰：‘逝者如斯夫，不舍昼夜。’”指时间流逝。

③〔罗浮〕指广东罗浮山，潘大临作此诗时苏轼被贬于此。

④〔南斗〕南斗星，即斗宿，二十八星宿之一。

⑤〔黔府〕即黔州，治所在今重庆市彭水县，潘大临作此诗时黄庭坚被贬于此。

诗歌赏析

潘大临《江间作》共四首，此为其一。全诗描绘长江沿岸的壮丽景色，表达了诗人对历史、时间、人生哲理的深刻思考，体现出诗人深邃的情感与智慧。此诗无论体律结构、炼字句法，均颇类陈子昂《春夜别友人》，二者皆采用首句入韵入对及三联对仗、一联散句的格式，形成三紧一松的节奏感。至于诗中的含蓄隐语，更似老杜手段。全诗前半写景，后半则由景入情，意境阔大，笔力雄健，结构严谨，对仗精工，语言凝练而诗味深永。

尾联"罗浮"和"黔府"，表面是写地名，实则为隐语，特有所指。"罗浮"指广东惠州附近的罗浮山，苏轼于绍圣元年（1094）被贬在此；"黔府"指四川彭水，黄庭坚于绍圣元年（1094）被贬在此。这就不得不提一下诗人与苏轼、黄庭坚的交游，诗人颇得苏、黄二人赏识。

元丰七年（1084），潘大临中秀才后，将赴省试。行前，苏轼（被贬黄州已四年）诗酒相送，赠他一首《蝶恋花·送潘大临》，虽语多谑，却也情深，劝学殷殷，期望"清润潘郎"能赴试中第。然诗人屡试不第，终生布衣，后隐居黄州柯山，"无知其才而力振之于困者"，与苏轼为邻，终日沽酒市脯、诗酒自娱。后苏轼离开黄州，潘大临兄弟住在苏轼的雪堂，继续在"东坡"耕作。

黄庭坚曾赞潘大临"天下异才也"，当读潘大临的五言诗，曾有"觉翰墨之气如虹"的赞语。《诗林广记》转录宋人曾慥《诗选》有潘大临"尝诵山谷十绝句，以为不可企及"之事。崇宁二年（1103）冬，山谷被贬宜州，十二月十九日过汉阳，潘携酒追送，互为酬唱，山谷赠诗有“只应瘴乡老，难答故人情”句，同门情深可见一斑。

首联的起句采取仰视镜头，描绘诗人船上所见，白色的水鸟在烟霭中出没翱翔，展示出一片空阔浩渺之气象。对句则由远及近，又道出所见奇景之因：诗人逆着微风驾船而上。其中首句入韵又入对，足见诗人句律严整、炼字精深。“白鸟”对“微风”和“飞烟”对“上船”甚妙，一实一虚、一轻一重，灵动而不至于拥塞；“没”与“逆”相对相合，主客呼应，使全句更增画面的动态感。

颔联则承船上所见，由小及大，而转至江间所摄四周景物，气象为之大开。浩浩荡荡的长江在樊口转向东方流去，青山连绵直到武昌。“转”字甚妙，状船速之快而不动声色，转而见山势连绵的奇景，亦为下联的心转埋下伏笔，此连绵起伏不唯状山之势，更写诗人难抑之心绪与情感。

颈联则借景抒情，由空间景物转向对时间永恒的慨叹。日月上悬于永恒的宇宙，终古不变；而过去的时间就像一去不返的江河之水，于天地之间，转瞬即逝。诗人由此而引发出对人类命运何去何从的追问，是本怀亦是正说，由此，尾联的隐语才显得那么不动声色。

尾联从字面上看如白话，罗浮山远在南斗星之外，黔州府更不知在何方。至此，诗人以白鸟、微风、江水、山峦、日月、乾坤等意象，构建出一幅宏阔壮美的天地画卷，从而引发对宇宙永恒与人事变幻的感慨，并由此而联想到曾在黄州生活过五年的苏轼，又进而怀念贬谪在黔州的黄庭坚。诗人与苏、黄亦师亦友，他们是诗人所崇敬和师法的大诗人及精神导师，如今分别远贬惠州、黔州，思念中透着忧虑，不知他们此时的情形如何？

刘凤起（1867—1933），字未林，晚号真庐老人。江西南丰人。晚清进士，近代著名诗人、书画家。光绪二十九年（1903）中进士二甲，任翰林院编修等职，旋赴日本留学法政。回国后辞归江西故里，被巡抚冯汝骙奏留南昌，任咨议局议绅、宪政筹备处咨议、教育总会会长等职。辛亥革命后，曾任江西民政长，民国十一年（1922）后定居上海，以卖字画为生，民国二十二年（1933）病逝。

江汉纪游图　近代　刘凤起

画作赏析

刘凤起生平好淡泊清静，喜游名山大川，在诗、书、画领域颇有造诣，绘画尤擅山水，“合南北宗，苍老似迂翁，秀逸如南田”，书法“意本锺、王，参与李、苏，凡秦汉碑铭无不致力，晚年意境直通石庵”。诗风“率意遣兴，不事雕琢”。其山水师法董巨、恽寿平一路，笔墨苍润秀雅，画风清秀平淡，颇具文人画格趣。其一生如其《自述》诗所云：“一生名利二糊涂，此乃庐山真面图。收拾苍茫南董笔，又留书画在江湖。”

此幅《江汉纪游图》为长卷，画跋中记录了刘凤起、巢勋、易顺鼎三人之间的一段逸事。乙巳年（1905）十月，刘凤起受莲溪太守之邀游览阔别十四年的从姑山（在

江西南城），见寺荒僧散、风景寥落，既感今昔之变，又抱彭殇之感，归得数句遣怀。丙午年（1906）正月刘氏逗留沪上，与实甫、子余谈画甚乐，即兴为去年从姑山之游，先画《从姑山纪游图》并录诗作，后又作长卷《江汉纪游图》。此图布局开阔，意境清旷幽远。根据巢勋的诗跋，可知画面描绘的是重阳时节汉江一带的秋景。山峦叠嶂，云遮雾连；杂树挺立，江水泛波于麓树丛间；江村水郭，古寺佛塔，渔舟唱晚，远浦归帆，此画境颇合宋人潘大临《江间作》中“白鸟没飞烟，微风逆上船。江从樊口转，山自武昌连”的诗意。其笔墨取法董、巨和董其昌一路，既得清远简淡之逸趣，又有苍润秀雅之气息。

画中山石以短披麻皴勾勒，以淡墨渲染出阴阳向背，留白衬云变之状，间以米氏落茄皴点写苔草，用笔沉着松秀，既强其骨力又增加笔墨层次与节奏感。杂树或作落茄皴点写，或圆笔披写，用笔苍秀，墨色清润。远山淡墨湿笔涂抹而已，村居水郭、塔寺舟楫，皆作细笔白描，笔墨简括，造型准确。远帆则稍作淡墨渲染，笔简意赅，意似便已。

和饶正叔碧桃绝句（七绝）

谢　逸

未折香枝插鬓鸦[①]，月和疏影上檐牙[②]。
诗人莫作夭桃[③]看，不是玄都观[④]里花。

作者简介

谢逸（？—1113），字无逸，号溪堂。临川城南（今属江西抚州）人。与汪革、谢邁同学于吕希哲，刻苦磨砺，诗词兼擅。曾两度应科举，均不第，以布衣终老于故土。有《溪堂集》十卷、《溪堂词》一卷，存诗二百一十六首、词六十二首。

注释

①〔鬓鸦〕鸦色黑，指乌黑的鬓发。

②〔檐牙〕檐际翘出如牙的部分。杜牧《阿房宫赋》：“五步一楼，十步一阁。廊腰缦回，檐牙高啄。”

③〔夭桃〕语出《诗经·周南·桃夭》：“桃之夭夭，灼灼其华。”后以“夭桃”称艳丽的桃花。

④〔玄都观〕古代长安城里一道观名。刘禹锡有《元和十年自朗州至京戏赠看花诸君子》诗二首，其一云：“紫陌红尘拂面来，无人不道看花回。玄都观里桃千树，尽是刘郎去后栽。”以玄都观里的桃花为喻，表达了诗人对当时政治腐败的愤懑和无奈之情。谢逸一生未第，虽郁郁不得志，而无贬谪之苦，故反用刘禹锡之典，看似内心恬淡平和，实则蕴含悲慨。

诗歌赏析

谢逸工诗善文，与弟谢薖齐名，并称“二谢”。谢逸与谢薖、饶节、汪革并称“江西诗派临川四才子”。他的诗、文、词洗练，古意隽拔，清新幽折，与南朝山水诗人谢灵运相似，时人称其为“江西谢康乐”。其文似刘向、韩愈，气势磅礴，自由奔放，黄庭坚赞他“当不减晁、张也”。他的词远规花间，逼近温、韦，雅洁清丽，蕴藉隽妙，在北宋后期的词坛上自成一家。

谢逸一生与王直方、洪刍、饶节、潘大临、吕本中等人多有交往酬唱，诗题中的“饶正叔”正是他的好友饶节。“和诗”即附和原诗，又称“和韵”或“步韵”，要求与原诗在平仄、韵脚上一致，主题内容可同可不同，但须保持一定的关联性。这首七绝押的是“麻”韵，可见原诗亦用此韵。全诗通过月光、疏影与檐牙三组意象，以物喻人，表达了诗人高洁的品格与超拔的人生态度,也隐含了诗人对权贵的讽刺。

诗的起句看似明白如话，实有深意，也是全诗的背景。“簪花”始于唐，流行于两宋。唐玄宗时，学士苏颋赋得“飞埃结红雾，游盖飘青云”句，玄宗大喜，遂“以御花亲插其巾上”。晚唐时，懿宗赐宴新科进士，并令“戴花饮酒”，后登科进士簪花成为一景，流行于上层社会。沈括《梦溪笔谈》记录了宋仁宗时期“四相簪花”的故事，文末曰：“至中筵，剪四花，四客各簪一枝，甚为盛集。后三十年间，四人皆为宰相。”遂后人以“簪花”为富贵升官之瑞。谢逸曾屡试不第，以布衣终老，操履峻洁，修身砺行，自是不肯折香枝簪花，插于黑如鸦色的鬓发间，由此表达了诗人不为世俗污染毫发的品格。

诗的第二句以实写虚，又出人意表，堪称全诗的诗眼。诗人并未落入以寻常手法状写桃花姿色的俗套，而是通过“月”和“疏影”这两个意象来表达桃花的雅洁隽拔。“月”虽为实写之景，却有沉静皎洁之喻；“疏影”虽为实写之物，却有疏离尘世、孤高自标之意。“檐牙”指檐际翘出如牙的部分，自有超拔之意。月光与稀疏的花影，影影绰绰地爬上檐牙，自有一种清峻超拔之气。明月之心，疏影之身，檐牙之姿，共同表现出诗人孤高洁净的内在品质。

垫句中的“夭桃”出自《诗经·周南·桃夭》“桃之夭夭，灼灼其华”，喻指艳丽的桃花，与第二句的“月”“疏影”“檐牙”等黑白冷调物象形成强烈的视觉与色彩反差。诗人在劝告饶正叔，似乎也在劝诫自己：千万不要把冷逸清旷的“疏影”当成艳丽的桃花。亦隐含着对人们的提醒：不要对世间俗物过分迷恋，不要被事物表面的美丽所迷惑，应该超脱尘世。缘何“莫作夭桃看”？答案恰恰隐藏在末句收束处。

诗的结句“不是”与第三句“莫作”相呼应，内容上也产生延展性，使第三、四句结构更紧实。其肯定之否定中颇有含蓄幽折的意味。“玄都观里花”化自刘禹锡《元和十年自朗州至京戏赠看花诸君子》“玄都观里桃千树”句，而刘诗真正要表达的却是第四句“尽是刘郎去后栽”，语涉讥讽，且辛辣尖刻。权贵们红尘拂面地看花归来，然而那千树的“夭桃”尽是我刘郎离去后所栽植的，意指诗人不攀附权贵，远离尘世而洁身自好。诗人此句用了“不是”一词来回应，更加肯定了此“疏影”非彼“夭桃”，表达了诗人孤高洁净的品格及超然于世俗的人生态度。

桃花图　近现代　夏敬观

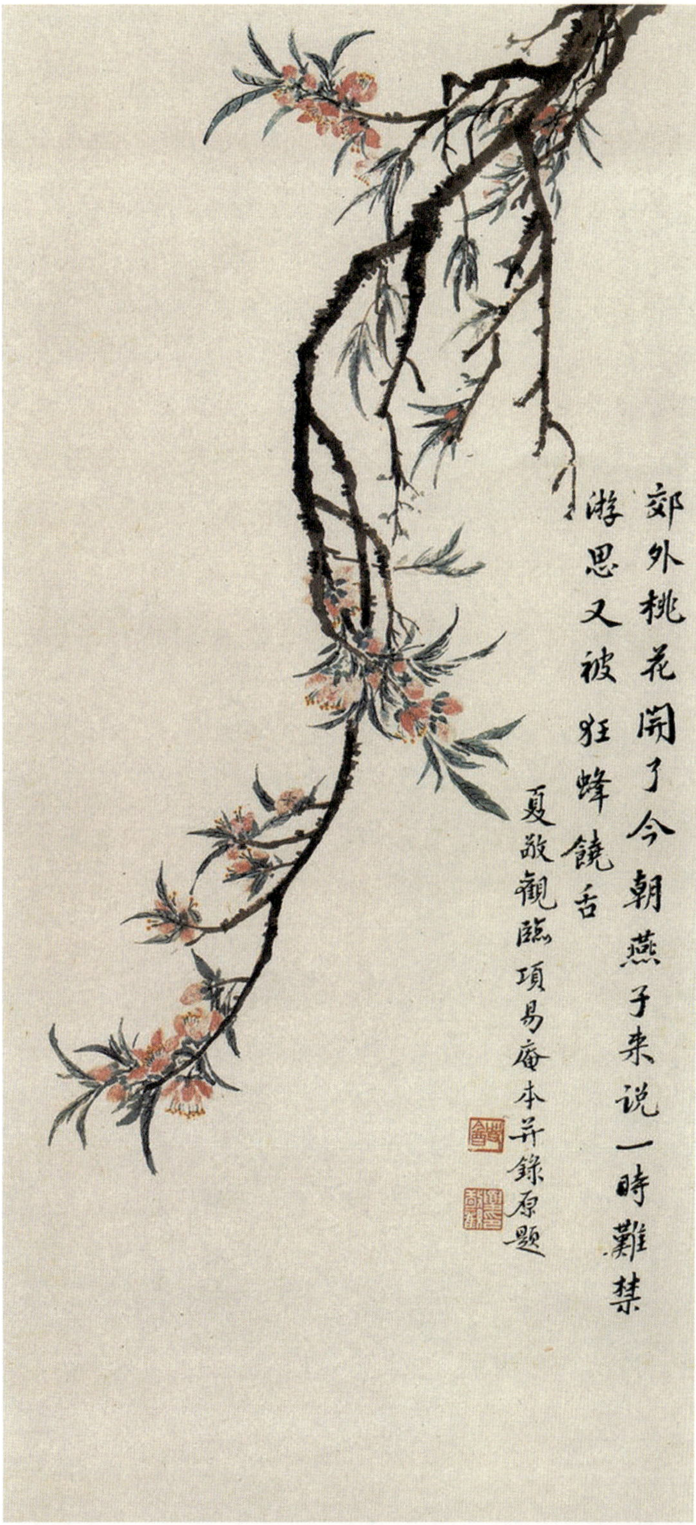

夏敬观（1875—1953），字剑丞，一作鉴丞，又字盥人、缄斋，晚号吷庵，别署玄修、牛邻叟。江西新建（今江西南昌新建区）人，生于长沙，晚寓上海。近现代江西词人、画家。其词出入于欧阳修、晏殊、姜夔、张炎诸家之间，冶炼熔铸，不尚苟同，朱孝臧曾称赞其词可与文廷式词相颉颃。晚年主攻山水画，兼写花卉，与汤涤交往最密。年七十，西游华山，凡遇景物，当即摹记，艺事益精。所作山水，气清而质朴，骨苍而神腴。

画作赏析

夏敬观的一生，是近代知识分子面对千年未有之变局，义无反顾地肩负起救国、强国的责任，以知识分子特有的方式为国家摇旗呐喊，最后在大变革的时代背景下“游魂无归处”的一生。夏敬观于光绪十七年（1891）入新建县学，光绪二十年（1894）中举人，以诗词名播南北。1895年入南昌经训书院，随著名经学家皮锡瑞治经学。1900年后在上海随文廷式学词。1902年入江宁布政使李有棻幕府，并受两江总督张之洞之邀办两江师范学堂，任江苏提学使。1907年兼任上海复旦、中国公学等校监督。1919年任浙江省教育厅厅长，1924年辞职后寓居上海，筑室康家桥。

夏敬观一生致力于词学的复兴，曾创立同心会、春音社、午社等八个文学社团。虽然直至1930年，五十五岁的他才开始正式从事艺术创作，但其在艺术领域的影响力颇大，叶恭绰将他列为“新画中九友”之一，吴湖帆更有“近代文人画首推夏敬观”之誉。此图为作者拟明代画家项圣谟笔意所作，项氏原作《桃花写生图》为墨本，笔墨秀逸，简淡雅致，神腴气清中尤见骨力，现藏于台北故宫博物院。夏氏的拟作于原作略有变之，变墨本为设色，色彩姣妍清丽，用笔骨力嶙峋，苍健硬瘦，如老树着花，既能出己意，又可见当时海派审美风潮。

此画采取对角线构图，险中求平。画面描绘的是桃花倒悬之姿，老干虬枝，以北碑笔意运赭墨勾写而成，中侧锋转腕间，崛崎劲健，新枝纵横交错，用笔披离，苍古硬瘦；圆笔点苔，以状其苍厚。桃花以西洋红点写，或开或攒，仰偃向背，攲正聚散；细笔勾花心，鹅黄点蕊，状桃之灼灼，恣意各态。桃叶以花青淡绿勾写，正侧尖峭，卷舒多姿，以细笔勾写叶茎，强其骨力。

夏敬观的画学与诗学旨要的门径相类，点画如锻字炼句，整饬严谨，不肯作一犹人语，虽是拟前人之作，亦能自铸面目，不肯蹈常袭故。故言其笔墨气息孤峭幽深，处处透露着文人的学养风致和诗人的优雅气质。

立秋日诸公过敝庐得“秋”字（五律）

洪　朋

是月季朱夏①，今辰立素秋②。
风生庭柏净，雨过井梧幽。
南想高鸿③度，西看大火④流。
数能文字集，如许岁时遒。⑤

作者简介

洪朋（1063—1104），字龟父，号清非居士。豫章（今江西南昌）人。黄庭坚外甥，与弟洪刍、洪炎、洪羽合称“豫章四洪”。曾向黄山谷学诗法，两举进士不第，终生不仕。黄山谷称赞他：“龟父笔力可扛鼎，他日不无文章垂世……力学有暇，更精读千卷书，乃可毕兹能事。”

注释

①〔朱夏〕指夏季。夏日五行属火，其色为朱（红）。《尔雅·释天》：“夏为朱明。”

②〔素秋〕指秋季。按古代五行之说，秋属金，其色白（素），故称素秋。杜甫《秋兴八首》其六有“万里风烟接素秋”之句。清人唐孙华《夏日园居咏》“三年客里逢朱夏，一月天边盼素秋”，即点化于洪朋此二句。

③〔高鸿〕高飞的鸿雁。

④〔大火〕星宿名。《诗经·豳风·七月》：“七月流火，九月授衣。”大火星指心宿二，每年夏季六月，高悬南天，至七月则渐西沉，称“流火”，指天气渐凉。

⑤〔数能文字集，如许岁时遒〕数，屡，多次。文字集，指诗朋相聚，分韵作诗，扣题中“诸公过敝庐”。如许，如此。遒，紧迫。末二句诗人既庆幸诸公光临，又叹息流光易逝。

诗歌赏析

本诗为立秋日朋友到洪朋家中雅集，洪朋拈韵所作。所谓拈韵，是古时候诗人们雅聚时所玩的一种作诗的文字游戏，意思是随意取用某一韵来作诗。这有点类似于抓阄，也就是说你拈到什么韵字，就按照这个韵字所在的韵部作诗。

首联开篇即点明时令转换。从夏末到初秋，“是月”与“今辰”的对比，不仅标志着时间的流逝，也寓含了自然界色彩与氛围的变化，体现了诗人对季节变换的敏感捕捉。在诗人的眼中，一切都有色彩。夏天是热烈红艳的（“朱夏”），秋天是清雅素淡的（“素秋”）。“季”本为排行之末（伯仲叔季），此处用作动词，指夏天结束，与下一句中的“立”相对，真是又“新”又“冷”。“朱夏”与“素秋”的对比，简洁痛快，让人顿觉时间过得毫不留情，秋天来得猝不及防。

《历书》写立秋时说“阴意出地始杀万物”，宋玉感慨“悲哉，秋之为气也”，刘勰《文心雕龙》中称“天高气清，阴沉之志远”。一个仕途无望的儒生，感时伤怀似乎在所难免，但是洪朋此诗，却是愁而不怨，清而不凄。

颔联通过“风生”与“雨过”两个动态场景，描绘了秋日雨后庭院中的清新与宁静。风拂过庭中的柏树，带来一股清新之气；雨后的井边梧桐，更显深沉幽静。洪朋在诗中用词精准，炼句精妙。“生”字写出了风动庭柏的动态美，“净”字则突出了雨后庭院的清静。“过”字写出了雨后的井梧更加幽静，“幽”字则与上句的“净”字相呼应，共同营造了一个清新幽静的秋日氛围。“净”与“幽”二字，不仅描绘了自然景象，也反映了诗人内心的澄明与淡泊。

诗人写秋，并没有执着于叶落风寒，而是从小院挣脱出来，神飞而去，“南想高鸿度，西看大火流”，转向更广阔的天地，南飞的高鸿与西落的大火星（心宿二，古称“大火”），合成漫天秋意。秋来鸿至，即便眼中所无，亦为心头所有。“远鸿高送一行愁”（李群玉《江楼闲望怀关中亲故》），“因缄俗外词，仰寄高天鸿”（孟郊《失意归吴因寄东台刘复侍御》），鸿雁长飞，遂有寄托。思念也罢，志向也罢，人生有太多感怀与心思，唯不明言，故有远意，凭君自悟，同此一叹。

颔联与颈联情境相融，意在言外，使人如观倪瓒《秋亭嘉树图》，秋山嘉树，沙碛孤亭，天真幽淡，意境清寒而淡泊自守。

尾联由天外回到眼前，诗人感慨能与诸公相聚于此，共赏秋色，吟诗作对，实乃难得之事。同时，“如许岁时遒”一句，流露出诗人对时光匆匆、逝者如斯的无奈与珍惜，与首联季节的转换遥相呼应，形成了完整的艺术结构。

这首诗在艺术上颇有独到之处。

首先，它汇聚秋日丰富的意象：庭柏之净、井梧之幽、高鸿之度、大火之流，以诗为画，即景生情，暗藏寄托而含蓄委婉，令人读之而心生向往。

其次，诗人巧妙地运用了对比与映衬的手法。风生庭柏之动与井梧之静相映，雨过之清新与井梧之幽静相衬，南想鸿雁之高远与西看大火之流逝相对，这些对比与映衬，使得诗歌的画面层次鲜明，情感内涵丰富。

江西诗派注重意境之营造与情感之抒发，注重炼字，奇崛生新的特性也在此诗中表现鲜明，整首诗既有清新自然之美，又有深邃含蓄之韵。

秋山晚钟图　清代　张崟

张崟(1761—1829),字宝厓,号夕庵,别号樵山居士、观白居士等。祖籍江西,迁居江苏镇江。清中期著名画家。其父张自坤为布商,并善鉴别,多蓄古人真迹,亦能诗善画,与潘恭寿、王文治等名流往来密切。张崟自幼临摹家藏古书画,并游杭州、金陵等地名胜,一时名重。善画花卉、竹石及山水,其山水脱离“四王”窠臼,另辟蹊径;尤善画松,有“张松”之称。画风较细密,设色雅致。从学者较多,有京江派(又作丹徒派)之称。

画作赏析

秋有气贯长虹的飒爽、叶落归山的静穆，有蓼红苇白、瘦月清霜的寂寥，有长安日近、江湖水远的思惘……古人爱秋，历代吟咏者众，不乏名句，以“秋”入画的名作亦数不胜数，此图便是这一主题的经典之作。图绘秋山访幽之景，秋高气寒，但见一巨峰拔地而起，巍峨耸峙，其势峭拔劲峻。山抹微云，天粘衰草，涧流潺潺，下则长堤一痕，舟子正划桨泊岸，等候客归渡河。二高士下船，正策杖于溪桥之上，欲访古寺于深山。此时已是暮秋时节，万树寒无色，唯见一角寺庙藏没于苍柏青翠间，高塔兀立，山院晚钟仿佛令群山皆响。

画家以古寺、高塔、晚钟与苍柏、溪涧组成富有内蕴的特定意象，营造半藏山林、幽僻嚣尘的静谧禅境，契合了宋人“自身红尘非不到，一溪流水绕秋山”的诗意，而二高士访此，直是豁襟期、消俗虑，颇合王摩诘“一生几许伤心事，不向空门何处销”的况味。

此图用笔清劲秀丽，墨色滃然，设色雅致，构图巍伟，兼有五代山水巨碑式与南宋夏圭“半边景”的良规。巨峰高拔，质实处以淡墨上实下虚法渲染山体，既状山石体量感又衬云气之姿，此是宋人遗范。山石轮廓以波磔的角形线勾出，用笔披离，富有节奏感；皴笔多为条子皴，兼施折带与小斧劈，松秀而无斧凿痕。丛柏与山体苔点的笔墨细腻密集，全以枯墨细笔点簇而成，积点成面，分染成块，重处色墨积染浓甚，轻处则渲染虚淡。人物用笔简略疏秀，意似便已，类文徵明手段。

全图既有鲜活的生活场景，又能保持古典气息；既见宋人山水画之精严整饬与雄奇郁茂之气，又融合元代文人画的山林野趣，笔墨轻松秀逸、清新脱俗，这是作者作为职业画家的匠心与作为文人的意趣的融合结果。在“四王”一统画坛，笔墨程式逐渐僵化的时代，作者能自开新径，不落窠臼，实属不易。

次山谷韵二首·其二（七律）

洪　刍

宝石峥嵘[①]佛所庐[②]，经宿何年下清都[③]？
海市楼台[④]涌金碧[⑤]，木落牖户明江湖。
千波舂撞[⑥]有崩态[⑦]，万栋凌压无完肤[⑧]。
巨鳌冠山勿惊走，欲寻高处吐明珠。[⑨]

作者简介

洪刍（生卒年不详），字驹父，豫章（今江西南昌）人。哲宗绍圣元年（1094）进士，靖康中官至谏议大夫。汴梁失守后，唯痛饮沉醉，被奸人诬陷，流放沙门岛以卒。乃黄庭坚之甥，与兄洪朋及弟洪炎、洪羽合称“豫章四洪”。著有《老圃集》。

注释

①〔峥嵘〕高峻貌。

②〔佛所庐〕佛的住所，代指寺院。

③〔经宿何年下清都〕经宿，隔夜。清都，天帝所居。

④〔海市楼台〕即“海市蜃楼”，指水汽由于光线的折射，将远处的景象显示于空中的奇特幻景。

⑤〔涌金碧〕涌现金碧辉煌的楼台。此句所刻画之景，当是诗人于高宗建炎（1127—1130）年间流放沙门岛之所见。

⑥〔舂撞〕撞击。

⑦〔崩态〕好像要崩塌的样子。

⑧〔万栋凌压无完肤〕万栋，指屋宇之多。凌压，凌空欲压。无完肤，形容没有一块完整之地。此句描绘景象的模糊。

⑨〔巨鳌冠山勿惊走，欲寻高处吐明珠〕《列子·汤问》：“渤海之东……有大壑焉……其中有五山……而五山之根无所连著，常随潮波上下往还……（帝）乃命禺强使巨鳌十五举首而戴之。……五山始峙而不动。”李白《怀仙歌》：“巨鳌莫载三山去，我欲蓬莱顶上行。”此联点化自太白之句。

诗歌赏析

北宋末年，社会动荡，文人雅士往往借自然景物抒发内心情感，寄托对理想世界的向往，《次山谷韵二首》便在这样的背景下应运而生。此诗诗句之创新奇拗、峭拔瘦硬，恰是山谷家法。

全诗以宝石山为起点，构建了一个超凡脱俗的佛家胜境。首联以“宝石峥嵘”形容佛寺的辉煌与庄严，宝石山的高峻与佛寺的神圣相互映衬，展现出一种宏大光华的美。诗人借此表达了对佛寺的敬仰之情，以及对其所蕴含的精神力量的赞美，奠定了全诗超脱尘世的基调。随即诗人通过设问的方式，表达了对佛寺来源的遐想。他似乎在询问：这座辉煌的佛寺是何时从天上（清都）降临人间的？这种设问不仅增添了诗句的韵味，也引发了读者对佛寺神秘感的探索。此句进一步强化了寻觅超脱之境的主题，表达了对更高境界的向往与追求。

随后颔联荡开笔墨，把视线从佛寺拉伸到全景，安排了一片广阔的空间来驰骋心怀与笔墨。海市蜃楼的绮丽与人间江湖的明澈对比，展现了自然界的壮丽与变幻，意象丰富，画面感极强。诗句以“海市楼台”形容佛寺周围的美景，仿佛那些金碧辉煌的楼阁是变幻莫测的，既神秘又壮丽。借此展现了佛寺环境的幽美与神奇，进一步烘托了超脱尘世的氛围，与主题相呼应。随即，落木萧萧，一叶知秋，“木落牖户明江湖”，诗人在佛寺内透过窗户可以看到明亮的江湖景象，既表现了时间的流转，也展现了自然的明丽。诗人是对时间流逝无比敏感、对生命感悟极其深刻的人，这一句是为空间增加了时间维度，承续唐人“诗中有宇宙”的观念，更增添了欲向尘外求超脱的热切。

然而诗人并没有顺水推舟，反而逆流而上：“千波春撞有崩态，万栋凌压无完肤”两句，调用动态视角，以夸张的手法描绘了自然界的磅礴力量与建筑物的坚韧不拔。波涛汹涌撞击岸边，仿佛有崩裂之势；而众多的建筑物高耸入云、相互挤压，却仍屹立不倒。从字的表面意义上看是在写自然伟力惊心动魄，实际上作者想说的是此时的天地动荡与人心不安。尤其是“有崩态”“无完肤”，激荡凌烈，和前文的佛家胜境形成鲜明反差，如张弓搭箭，引而不发，但锋锐所指，神气森然，临肤生痛，更加强化了诗人对寻觅与超脱的渴求。至此蓄力已足，尾联如瀑而下，水到渠成。诗句动静结合，气势磅礴，增强了诗歌的艺术张力。

尾联以神话般的想象描绘了巨鳌背负山岳的景象，并劝慰其保持稳定不要动摇，追求至高的光芒和智慧。巨鳌之所以不动如山，正是因为“心有所住”，这是“定”的力量与智慧，表达了作者在乱世中寻求前路，寄托精神，直至达到理想境界的愿景。这既是对自然景象的描绘，也是对人生境界的追求；既是借天地大块镇守本心，也是本心欲与外物同化于自然，从而得到超脱。

为了具现离尘之趣，诗歌意象丰富，构图宏大，在造境描摹上深得画意。

首先，远近层次分明，空间布局精巧。开篇先以“宝石峥嵘佛所庐”描绘了远山如宝石般峥嵘的景象，这是画面的远景。接着，“经宿何年下清都”暗示了这座佛庐仿佛自天而降，带有神秘色彩，同时也引出了画面的主体。随后，“海市楼台涌金碧”和“木落牖户明江湖”则分别描绘了近景和中景，海市楼台的金碧辉煌与木落后的江湖明澈相互映衬，同时又隐含时序变迁，形成了丰富的时空层次。

其次，色彩运用对比鲜明。“海市楼台涌金碧”一句的金碧辉煌，与后文“木落牖户明江湖”中的清澈明净形成鲜明对比。这种色彩的运用和对比，不仅增强了画面的视觉冲击力，也丰富了诗歌的情感表达。

再次，动态静态摇曳生姿。诗中“千波春撞有崩态，万栋凌压无完肤”描绘了波涛汹涌、建筑摇摇欲坠的动态景象，与前面的静态描绘形成了强烈的对比。这种动态与静态的结合，不仅使得画面更加生动、富有张力，也将诗人内心直面大千世界的压力和冲击展露无遗。

最后，“巨鳌冠山勿惊走，欲寻高处吐明珠”，前面的纷扰与动荡，似乎被巨鳌一现而定，它的稳定和力量，雄峙天外；巨鳌吐明珠的景象，更将画面的意境推向了高潮，一点灵光，足以安心。动极而静，这种构图造境的特点，不仅使得诗歌语言本身具有了强烈的艺术冲击力，也为读者提供了丰富的想象空间。

仙山楼阁图 近现代 黄秋园

黄秋园（1914—1979），名明琦，字秋园，号大觉子、半个僧、清风老人。江西南昌人。近现代著名画家。擅长山水、人物、花鸟、书法，尤以山水画成就最高、影响最大。其山水画由传统入手，开创出个人风格强烈的画风，正如李可染评价道：“有石溪笔墨之圆厚、石涛意境之清新、王蒙布局之茂密，含英咀华，自成家法。”

山水之外，黄秋园的界画堪称一绝，并世无俦。界画是中国画中的一科，以宫室、屋宇、亭台楼阁等建筑物为题材，在作画时使用界尺引线，以使所画之线横平竖直，故名，也称“宫室画”或“台阁画”。界画起源于晋代之前，唐宋时期最盛，北宋张择端的《清明上河图》即界画之名作。宋元以后，文人画日渐兴盛，界画逐渐式微，其常常被视为工匠所为，地位不高。这种艺术上的偏见一直延续至今。因此，自18世纪初以来的三百年间，仅仅出现过三位有建树的界画家：清代的袁江、袁耀叔侄，还有近现代画家黄秋园。

黄秋园的界画远宗唐宋，雍容典雅，具有很强的感染力。界画这一古老画种，在多年未出名家之后，在黄秋园的笔下得到振衰起敝、令人耳目一新的成功实践。黄秋园早在20世纪40年代就有界画作品，可见他有所师承，而且说明他对中国古建筑营造也十分熟悉，否则他画不出那么真实准确的楼台殿阁、回廊抱厦、桥梁院落。

《仙山楼阁图》即黄秋园绢本界画的典范之作，描绘了春日晚霞中，仙山下宫苑中人赏春的极乐仙境。从布局而论，画面上承宋人，以大观小的传统方法使各宫殿楼阁的透视由散点透视统一起来，更便于表现各处景观，实在巧妙之极。

在笔墨技巧上继承唐代李思训金碧辉映的画风。山石具有装饰性极强的青绿山水特征，以细笔勾出山石轮廓，笔法精细缜密，即以青绿层层渲染，层次分明，内轮廓线略施赭石衬染。远山以朱砂罩染，以示霞红。前景太湖石则以“骷髅皴”勾写，淡墨皴染后，即用淡赭黄罩染。画中的宫殿楼台、飞檐斗拱，建构精确，宏大雄健，富丽精工，一丝不苟，彰显作者独树一帜的功力。其界画以青绿、鹅黄、朱砂、朱红、钛白分染之，建筑繁复瑰丽，妍而不俗。阁中人物非神非仙，又似神似仙，勾写精细，造型准确生动。祥云飞绕，飘飘欲举，各有姿态。堤上杨柳青青，宫女春游，萧然闲逸；江中舟船飘荡，嫔妃悠闲自在，尽赏美景。一笔一画皆细密工整，令人惊叹！树木奇石、山水舟船、水纹云彩衬托出整体宫殿之富丽堂皇，强化了春宫赏景的生动画面，这既是艺术家心中的极乐仙境，也是人们对美好生活的向往。该画是黄秋园先生极具现代审美理念的界画代表作之一。

岁暮（五律）

饶　节

浩荡生涯计，凄凉客子心。①
岁从官历尽②，忧入鬓毛深③。
月气含窗户，汤声转釜鬵④。
余生无所慕，持此卧山林。

作者简介

饶节（1065—1129），字德操，号倚松道人。江西抚州人。曾为曾布门客，后与曾布政见不合，遂祝发为僧，法名如壁，挂锡灵隐寺。诗入江西派，陆游称他为当时诗僧第一，刘克庄《后村诗话》谓："如壁诗，轻快似谢无逸。"著有《倚松老人集》。

注释

①〔浩荡生涯计，凄凉客子心〕谓生计无着，如浩荡江水，未有尽头。

②〔岁从官历尽〕谓一年的光阴随着历书的翻尽已将流逝。官历，官府颁行的历书。唐代罗隐《岁除夜》："官历行将尽，村醪强自倾。"

③〔忧入鬓毛深〕谓随着鬓发的斑白，人生的忧患也日渐加深。

④〔汤声转釜鬵〕汤声，水沸之声，指煮茶。釜鬵，炊具。鬵，大釜。饶德操爱饮茶，其《戏汪信民教授》后四句云："凉风萧萧月在亭，老夫醉着呼不醒。山童奔走奉嘉宾，铜瓶汲井天未明。"

诗歌赏析

饶节一生坎坷起落，颠沛无所，中年出家，这首《岁暮》当是他半生写照。首联以"浩荡"形容生涯的广阔无垠，暗示了诗人经历的丰富与复杂。而"凄凉"一词，则直接点出诗人作为客居他乡者的孤独与无奈。这两句诗通过对比，展现了诗人内心的矛盾与挣扎：一方面，他有着宏大的生涯计划，渴望在仕途上有所作为；另一方面，现实的凄凉却让他感到无助与迷茫。

首联一句"浩荡"，一句"凄凉"，直抒胸臆，把内心的矛盾与冲突、慨叹与悲凉，泻落纸上，注满心头。

颔联进一步描述了诗人在仕途上的经历与内心的忧虑。岁月如梭，诗人虽不曾仕宦，但也在官场中经历了沧桑，而这份忧愁更是深深地刻在了他的鬓发之间。

“岁从官历尽”一句，既表达了诗人对岁月流逝的感慨，又暗示了他在官场中的不易与艰辛。而“忧入鬓毛深”一句，将内心的忧虑化作鬓发的斑白，形象地展现了诗人内心的痛苦与挣扎。

饶节科举不利，但犹有梦想。多年漂泊，囊中羞涩，渐至困顿，幸有王直方、刘峤等文友的慷慨照顾。后来，因诗文被曾布赏识，被请去当幕僚，待遇还算丰厚，激起了他欲有所为的信念：“我穷四方但糊口，一丘一壑志未了。”（《得交行赠王立之》）

曾布是“唐宋八大家”之一曾巩的弟弟。曾布当上丞相后，延请饶节为幕友，饶节建言应该重用苏轼、黄庭坚等人，被拒绝。又因两人对王安石变法的意见经常不合，频生抵牾。元符三年（1100）饶节辞幕而去，再入江湖。

“一山放过一山拦”（杨万里语），人生易老，壮志难酬，十年辛苦，换得满鬓霜色、两袖清风，饶节悲从中来，不可断绝。

颈联笔锋一转，将视角从宏大的仕途与梦想拉回到眼前的生活细节。冬夜月光洒在窗户上，锅中的汤水在沸腾，这些平凡而温馨的画面，为诗歌增添了一抹生活的气息。“月气”一词新颖独特，将月光与气息相结合，既表现了月光的柔和与清冷，又赋予其一种仿佛可以触摸的质感，增强了诗歌的画面感。而用“含”字来形容月光与窗户的关系，使得月光仿佛被窗户轻轻包裹，温柔而宁静。“汤声”与月夜的静谧形成对比，独生层次，用“转”字来形容汤声在釜鬵间的回响，使得声音仿佛有了形态，如在眼前。

然而，在这份宁静之中，我们仍能感受到诗人内心的波澜。月光与汤声的宁静和美好，营造了一种温馨的氛围，但也映衬出诗人内心的清冷、孤寂与不甘，半生的浩荡生涯、坎坷仕途换作月下一锅汤水，意气消尽，产生了鲜明的对比。

所有的迷茫、消沉，甚至纵酒，不过是“落落少年场，谁复识吕蒙”（《立之作诗讥仆沉浮于酒次韵答之》）。但即便如此，也难消块垒。逃酒无用，那便逃禅。

尾联则宣告了诗人对未来的期许与追求。他已不再有所奢求，只愿能在这片山林之中，度过余生。诗人再一次直抒胸臆，与首联相呼应，也回答了前面诗句制造的矛盾——我不玩了！

“我老不能世，百念久灰冷。偶随出山云，托迹暂人境。”崇宁二年（1103），三十八岁的江西才子饶节，怀着彻底的失望，期待打破人生的迷局，在邓州香岩寺削发出家，法号如璧。

只有深入了解饶节的经历，才能深刻体会他的诗意、他的痛苦。这种情感，并不是他独有的，也不会在这人间消散一空。

寒山访友图　清代　万上遴

万上遴（1739—1813），字殿卿，号辋冈，江西分宜拔贡生，清中期著名画家。乾隆年间曾任清宫画院待诏，专事书画。其诗学王摩诘，书师董其昌。善作指墨梅花，人称“指梅”，疏花细蕊，挥指点染，别开生面，独创一格。其山水林壑深邃，有“尺幅千里之胜”的美誉，超逸且无作家气，与当时画坛的王宸、钱维乔并驾齐驱。

画作赏析

此图作于嘉庆甲子年（1804），是作者晚岁之力作。深山访隐，是小农社会永远写不够、画不尽的题材。传统知识分子在仕途上要么堕入官场流俗，要么陷入政治杀戮，好在他们还有第三种选择——归隐，即回归乡间或山林，过着与世无争的隐逸生活。归隐不只是生活方式，更是在保持个体价值独立性的前提下，对内心平静与精神自由的追求。

从前车马很慢，书信很远，若得晤言一室之内，倾盖如故，则须跋山涉水，克服重重险阻，所以才显得友情弥足珍贵。画家以大雪纷飞、冬风凛冽的“寒山”为背景状写访友之情景，更见风雪关山行路之艰辛，又衬托二高士素心如雪之质及纤尘不染的高谊。画中雪山皑皑，天地间一片冷寂萧索之气。山下二椽小筑俨然，屋舍前后十数江梅丛绕，清气彻骨。但见一隐士蜷身临窗呵冻，一高士自板桥策杖来访，僮仆挑着琴囊、书箱、饭盒随行其后，溪前雪梅则虬枝相迎。料想此夜白雪苍苍，满屋融融然，诗酒平生，襟怀皓月，酬唱永夜。

图中着笔之景与天水留白处各半，以对角线形式共分画面。前景坡岸呈三角状，与水流同势出，有“流水绕孤村”的景致。溪桥相接于中景，喻指主客之会愈近，似有“短篱矮屋板桥西”的意象。中景豁然开朗，土地平旷，江梅虬枝各态，繁花点点，聚散有致。院墙内外，竹梅掩映，此中繁密更衬白描的屋舍，正合了唐人“天寒白屋贫”的诗意。远景则一高山危耸，山峦纵深处杂树参差，更远处层峦叠嶂，皆为白雪所覆，旨在状一“寒”字。

山石轮廓则中侧锋并用，以角形线勾出，颇合宋人审美。以枯笔皴出山石体块结构，笔力劲挺而轻松有致；以淡墨衬皴染出阴阳，山峦纵深处用墨稍重，留白衬雪；略施淡赭以状石质，复以卧笔点苔，增加山石体量感与画面层次。板桥、屋舍、院墙则以中锋勾写，用笔爽利，即写即收。以篆隶之笔写梅根，草书细笔迅疾勾写梅枝，状如蟹爪鹿角，有马、夏之风。其中穿插繁密而笔笔有来处。其余杂树或枯笔点写，或铺毫排簇，墨色变化丰富。人物则以铁线描勾写，高士帽以淡墨晕染，脸部略施淡赭，妙肖生动，颇具神韵。

庐山十八贤（七绝）

祖　可

不能晋室扶倾覆，尽作西方社里人。①

岂意②一时希③有事，翻令元亮两眉颦④。

作者简介

祖可（生卒年不详），俗姓苏，字正平，因有恶疾，号病可，人称“癞可”。祖籍澧州（今湖南澧县），徙居润州丹阳（今江苏丹阳）。北宋诗僧，苏庠之弟。宋徽宗崇宁前后在世。在庐山时，与善权同学诗，与陈师道、谢逸交往甚密。著有《瀑泉集》十三卷。

注释

①〔不能晋室扶倾覆，尽作西方社里人〕谓东晋净土宗的十八贤，不能挽救晋室的倾覆，都加入慧远创立的白莲社，向往西方净土。

②〔岂意〕怎么想得到。

③〔希〕同“稀”。

④〔翻令元亮两眉颦〕翻令，反而使得。令，作使令解，读平声。元亮，即陶渊明。两眉颦，双眉紧皱，形容忧愁。陶元亮有两首《和刘柴桑》，所抒之情，皆欲结庐人境，躬耕自给，易代之际他仍眷恋故国，与刘遗民等十八贤一心向往西方极乐世界，区以别矣。

诗歌赏析

这首七言绝句，虽体量小却蕴含深厚的禅理。言简意深，起收之间，一波三折。诗人以独特的视角描绘前秦兵围襄阳的背景下，僧俗无力匡扶东晋王朝于倾覆之间，便南下避祸，随缘转境，十八贤结社白莲，而陶渊明对此“攒眉而去”，令人回味无穷。

诗的第一句明白如话，直截了当。看似没有主语，但紧扣诗题，便有了主语。“不能晋室扶倾覆”可作“不能扶晋室倾覆”来解，这样的倒装用法，让诗歌更有意味。全句意思是十八贤不能匡扶东晋王朝于倾倒、覆灭之间。此句暗含着全诗的历史背景：东晋孝武帝太元三年（378），前秦十七万大军围困襄阳，为免徒众遭受战祸，慧远法师率弟子数十人南下避祸。作为僧人，他们无力抵抗北方少数民族的进攻。在佛家的色空观中，或许念佛即救国，救国即念佛。况一切生灭，不过是世法人情，而佛不染世法，如莲花出水。

第二句描述的是东晋时期的佛教典故，也是佛教史上的一大盛事，即“白莲结社”。太元六年（381），慧远法师欲往罗浮山弘教，途经浔阳，见庐山旷秀，宜做道场。在江州刺史桓伊资助下，慧远法师于庐山西麓创建东林寺，后遂为净土宗发源地。元兴元年（402），慧远法师与刘遗民、雷次宗、宗炳等十八人于庐山东林寺发起结社，因掘池植白莲，史称“白莲社”，赴会者则合称为“莲社十八贤”，又称“庐山十八贤”。“尽作”与起句的“不能”词性相对，使第一、二句在结构上更紧实，在内容上也有因果的关联性。“西方”即西方净土（佛教语），“社”即白莲社。全句意为：因无力匡扶东晋王朝于倾覆之间，僧俗避祸南下，誓愿往生西方净土，精修念佛三昧的功德，赴会的十八贤全成了白莲社中人。

第三、四句的“岂意”和“翻令”用得极佳，前者表达惊讶与无奈的情感，后者则强调出乎意料的结果与预期的巨大反差，合则更具强烈的情感转折效果。这种句式古人常用，如明人王廷陈有“岂意乖云雨，翻令隔羽翰”，清人陈梦雷有“岂意上官专草稿，翻令巷伯叹南箕”。第三句中的“希有”意思同稀有，“元亮”即陶渊明，陶渊明因“不为五斗米折腰”而辞彭泽令，隐于柴桑。“眉颦”典出宋僧志磐的《莲社高贤传·不入社诸贤传》，其中记载：“时远法师与诸贤结莲社，以书招渊明，渊明曰：若许饮，则往。许之，遂造焉，忽攒眉而去。”

陈寅恪先生认为陶渊明是“外儒而内道，舍释迦而宗天师者也”，从“攒眉而去”四字可见陶渊明是真的“舍释迦”了。“攒眉而去”本意是表现陶渊明旷达真率的性情，然而从晚唐五代到宋代，其在禅宗高僧笔下，几乎演变成“不立文字”的禅理。如南唐法眼无益：“今夜钟鸣，复来有何事？若是陶渊明，攒眉却回去。”宋僧无准师范：“今朝九月九，谈禅不开口。若是陶渊明，攒眉便回首。”宋僧无明慧性：“才开口又成剩语，不开口又成增语……翻云又覆雨。若是陶渊明，攒眉便归去。”

诗人祖可作为生活在庐山的宋代诗僧，用“眉颦”二字并非表达陶渊明双眉颦蹙、忧愁不堪的意思。如此，第三、四句意为：哪料到一时间那么稀有且隆重的盛事（指十八贤结社），反而令陶渊明攒眉而去。

渊明沽酒图 近现代 傅抱石

傅抱石（1904—1965），原名长生，字庆远，学名瑞麟，号抱石斋主人。出生于南昌，江西新喻（今江西新余）人。20 世纪中国山水画大师、美术史论家、美术教育家，新金陵画派领袖和代表画家。早年留学日本，回国后任教于中央大学，1949 年后组建江苏国画院并担任院长。他的山水画笔墨滃郁淋漓，气势磅礴，具有强烈的时代感。人物画用笔洗练，气息高古。著有《中国古代绘画之研究》《中国绘画变迁史纲》等。

作为20世纪的山水画大师，傅抱石的人物画成就亦极高。他认为中国画的“线”以人物衣纹上种类最多，他图写人物一方面是为了拓宽“线”的表现能力，另一方面是为了配合山水画创作的需要。两者比较，前者更为重要，因为它实践着画家贯穿始终的人物画史研究与人物画创作的重要思想——线条是中国一切造型艺术的根本。加之身为美术史家，他对人物画史可谓烂熟于胸，能够将魏晋以降的人物画技法条分缕析，精心梳理，所绘制的人物蕴含着浓浓的古意。他在传统的线描笔法中加入了大写意的元素，表现出疏简迅捷的轻松笔触，与圆劲流畅的长线条相配合，形成力求人物动态与神韵高度统一的画法特点，别开生面。

酒常常能激发傅抱石的作画灵感，他每每酒后笔走龙蛇，肆意挥洒，满腔激情宣泄纸上，波澜壮阔的佳作层出不穷。每自得佳作，他常钤“往往醉后”印，这应是其绘画状态的真实写照。由于爱酒，其笔下人物多见饮中君子，如晋代的陶渊明。1935年，他在日本留学期间举办的第一次个展上曾展出《渊明沽酒图》，之后又陆续画过数张，构图相近，此幅《渊明沽酒图》为其中之一，作于丁亥(1947)岁末。图中陶渊明头戴透明的葛巾软帽(《宋书·隐逸传·陶潜》：“郡将候潜，值其酒熟，取头上葛巾漉酒，毕，还复著之。”)，酒酣攒眉，酡颜若赤，醉辄几分写意，几分闲适，信步而行，若有所思，身后童子背负酒壶，紧随主人，毕恭毕敬。图中只绘出人物而省略了背景，达到突出主体的创作目的。人物造型近乎夸张，呈现出飘逸自然的意趣。设色淡雅高古，意境静谧散淡。尽管着墨不多，却能表现出主仆的内心与举止，这正是傅抱石人物画的精彩之处。

人物开脸简括而写意，五官以淡墨细笔勾写，复以淡赭分染眉眼、鼻头、脸耳等部位，趁湿时以浓墨细笔点写眉毛、眼睛，胡须处略作皴笔，因淡赭未干而色墨氤氲浓郁，又以墨笔疾迅入纸三分，所以显得很有骨力。复以浓墨散锋湿笔勾写头发，淡赭墨刷写巾帽，再以细笔圈写巾帽轮廓与结构，色墨洇渗丰富，状巾帽透明于一瞬。用淡墨细笔勾写衣纹，淡赭刷染衣袖，复以破笔勾写衣襟、袖口、博带、布履，略以散锋偏毫细笔复勾裙摆轮廓。仆从画法如是，只是加了酒壶，用笔稍粗简而已。布履、酒绳、仆从口唇处略点朱砂，与画面其他地方既互为映衬，又增加画面气氛与笔墨节奏感。

春日游湖上（七绝）

徐　俯

双飞燕子几时回？夹岸桃花蘸[1]水开。
春雨断桥人不渡，小舟撑出柳荫来。

作者简介

徐俯（1075—1141），字师川，号东湖居士。分宁（今江西修水）人。因父徐禧死于国事，授通直郎。靖康年间，张邦昌僭位，徐俯随即致仕。高宗绍兴二年（1132），赐进士出身，终于信州（今江西上饶）知州。徐师川是黄庭坚外甥，故入江西诗派。但徐俯晚年欲自立名世，尝自言“涪翁之妙天下，君其问诸水滨；斯道之大域中，我独知之濠上”（见周煇《清波杂志》）。

注释

①〔蘸〕浸入。

诗歌赏析

徐俯早年即以诗名，与洪适、洪遵、洪迈三兄弟及韩驹、吕本中等人交游唱和。他早期诗风受舅父黄庭坚影响，崇尚瘦硬，强调活法，要求“字字有来处”，提倡“夺胎换骨”“点铁成金”。晚年欲脱江西派诗风，不求雕琢而务造平淡，言语清新秀丽，意境自然开阔。其诗风对南宋以后的诗人影响很大，如他的名句“一百五日寒食雨，二十四番花信风”，陆游、楼钥、敖陶孙、钱厚、元好问等人都模仿过。著有《东湖居士诗集》，今失传。

作为黄庭坚的外甥，徐俯却是最早对山谷诗法进行改革的诗人。他自视甚高，对吕本中将其名列《江西诗社宗派图》表示不满。他曾提出“切不可闭门合目，作镌空妄实之想”，他还善用唐诗之流丽化江西诗派之生硬，力求“落笔皆平易，自然之妙，人不能学”的境界。

这首《春日游湖上》即“平易自然”境界的代表作，以清新明快之笔描写燕子双飞、桃花盛开、春雨断桥、小舟摆渡等春光美景，表现了诗人对春天的喜爱之情。此诗构思精巧，结构严密，寓情于景，破除千篇一律的纪游手法，别出心裁。相隔千年，读者依然能感受到柳荫下撑出的小船带来的喜悦。

起句诗人以发问句式破题。双飞的燕子啊，你们是几时回来的？这一问问得极妙！疑问的语气表达出诗人遇见燕子时惊讶和喜悦的心情，似以一种老友的亲昵口吻来问候燕子。燕子双飞象征着久盼的春天已经来临。此句紧扣诗题中的“春”字，从诗的画面布局来看，此句得高远之法。

承句则采用平远之视角，诗人放眼看去，两岸的桃树半浸水中，桃花贴着水面怒放，映照得水上一片嫣红似锦。究竟是水映花，抑或是花照水？令人恍惚难辨。水光花色，幻影荡漾，既写实又魔幻，合于自然而邻于理想也。句中的“蘸”字用得尖新小巧，诗人以拟人手法表现出桃花临水的娇艳情态及喜悦之情。桃花缘何蘸水开？道是燕双飞，春来临，细雨斜风，水面上升。此句承上句而启下句，使全诗结构更加紧实。

诗的垫句极精彩，不落俗套。诗人曾说：“必有是景，然后有是句。若无是景而作，即谓之脱空诗，不足贵也。”前二句所描绘的景物不可谓不美，双飞的燕子、夹岸的桃花，水光潋滟、花色恍目……至此，诗人并未依桃红而写柳绿，以至于坠入平庸熟滑的窠臼。诗人状春雨之势却别开生面，按说诗人目力所及处皆春景，然诗人只着一处：连日绵绵的春雨涨满了水面，以至于小桥被淹没，人不能渡过河去。“断”字用得生动形象，这春雨既断了桥面，也断了诗人的游兴，令人沮丧，这恰恰为第四句的收束做好了情绪铺垫。

诗的结句堪称千古名句，匠心独诣。诗人乘兴游春受阻，按常理，结句大抵是大书特书望桥兴叹的愁绪，可诗人却别出心裁。他笔锋一转，无可如何处是最妙处，不经意间，忽见柳荫深处，悠悠撑出一只小船来，于是可以摆渡而继续游春。此真一波三折的好手段，使春游更加意趣横生。因事循理，似有困境中蕴含着希望、转机的哲理。

这首诗后两句尤为著名。“人不渡”之静景与“小舟撑出”之动景相结合，别开生面。由桥断而见水涨，由舟小而见湖宽，这充分体现了中国诗歌艺术的两个重要审美特点。一是写景在秀丽之外须有幽淡之致。桃花开、燕双飞，固然明媚，但无断桥，便少了逸趣。二是以实写虚，虚实相生。小舟撑出柳荫，满湖春色已全然托出。

此诗一出，轰动诗坛，同时代的赵鼎臣在《和默庵喜雨述怀》中无不钦慕地写道：“解道春江断桥句，旧时闻说徐师川。”宋末元初著名的格律派词人张炎《南浦·春水》有“荒桥断浦，柳阴撑出扁舟小”的名句，亦从此诗第三、四句化出。

春溪新绿图　近现代　汪琨

汪琨（1877—1946），字仲山。江西婺源人，居上海。近代海派重要画家之一。善画山水，宗“四王”一路，笔正墨醇，气息高古，几可乱真。兼善青绿，设色雅丽，工整神秀，为世所宝。又近取吴石仙画法，好作烟雨江景，湿笔浓墨，淋漓尽致，闻名于时。又工花卉画，师法陆治，笔法细腻，妍丽清新，并能作人物画。

画作赏析

汪琨不只是画家，还是慈善家和美术教育家。他曾加入上海的宛米山房书画会及上海书画研究会。1909年，他又发起成立豫园书画善会，创书画团体参与社会慈善活动和会员经济互助的先河，抗日战争结束后，一度任该会会长之职。他曾执教于东南高等专科师范学校、南洋女子师范学校、上海美术专科学校，以及上海新华艺术专科学校等。

此图描绘的是春溪新绿的江南小景，构图上沿用"一江两岸"的平远布局，疏简开阔，以近岸、中水、远山三段景展开画面。画中景物、人物安排得当，色彩清新秀润，明快简练，给人宁静又充满春意生机之感。前景坡石如卧，涯岸平堤之间，二椽水榭临水而筑，一高士跏趺而坐，似有春愁难遣之意。溪桥接于涯岸而出画面，上有高士策杖，童子携琴，欲访水榭中人却为某处景致稍作驻足。篱笆、辕门隐隐，三五春柳高拔参天，点点新绿掩映在水榭竹篱之间而相接于中景。中景则春水高涨，江面辽阔，堤岸一角处村居俨然，春柳依依，一舟子戴箬笠、穿蓑衣，正撑起长篙。此中景象，颇合宋人"小舟撑出柳荫来"的诗意。远景则长堤一痕，老庙隐没在一片新绿中。远帆点点，荡漾在青山碧水间。江上冒起春霭，山岚缥缈，上有一高山如虎蹲踞，林木苍翠，远峰峭拔，逶迤千里之遥。

此图既有传统青绿山水之工整神秀与妍丽秀润，又有吴石仙（近代山水画家）烟雨江景之色墨交融的苍茫与淋漓滋润。山石以淡墨湿笔勾勒，笔触豪放率意，稍皴擦出结构与肌理，即以青绿刷染出阴阳向背，留白衬云，又略作复笔干皴，以强其骨。进而以湿笔浓墨点苔，渗化出水墨氤氲的效果，复以青绿渍染，增加笔墨层次与画面节奏感。以篆隶阔笔勾写柳树根干，笔酣墨饱，苍劲健挺，浓淡相宜，再用中锋细笔以草篆笔意勾写柳枝，用笔恣肆，穿插繁密，以汁绿作复笔，状写春柳新绿。水榭、溪桥、篱笆、辕门以篆籀笔意细笔勾写，尤见骨力。以淡青绿刷染水面、天空，增强其体量感，人物作写意简笔，神形妙肖，尤其高士衣裳的一抹西洋红，更是点醒画面。

次韵寄刘羲仲检讨公时在巨野（七律）

林敏修

济北淮南梦到稀，牢愁[①]犹赖酒来微。
欲知饭颗[②]诗人瘦，政忆长须主簿肥[③]。
应世君方持手板[④]，畏人我已著山衣[⑤]。
春来消息甚疏阔[⑥]，徙倚[⑦]高原惜寸晖[⑧]。

作者简介

林敏修（生卒年不详），字子来，蕲州蕲春（今湖北蕲春）人，林敏功之弟。工诗，诗属江西诗派。与兄林敏功皆隐居不仕，世称“二林”。著有《无思集》四卷。

注释

①〔牢愁〕忧愁。

②〔饭颗〕山名，代指杜甫。李白《戏赠杜甫》：“饭颗山头逢杜甫，顶戴笠子日卓午。借问别来太瘦生，总为从前作诗苦。”

③〔政忆长须主簿肥〕政，通正。长须主簿，指刘羲仲。

④〔应世君方持手板〕指出仕担任主簿。手板，亦作手版，即笏。《世说新语·简傲》：“王子猷作桓车骑参军，桓谓王曰：‘卿在府久，比当相料理。’初不答，直高视，以手版拄颊云：‘西山朝来，致有爽气。’”此句指刘羲仲虽应世从政，而有王徽之持笏看山风度。

⑤〔畏人我已著山衣〕指自己隐居山林，懒于应酬。山衣，指隐士之衣，亦作“山中衣”。苏轼《游净居寺》：“十载游名山，自制山中衣。愿言毕婚嫁，携手老翠微。”

⑥〔疏阔〕因时地阻隔而情谊疏远。

⑦〔徙倚〕徘徊。

⑧〔寸晖〕指极短的时间，亦作“寸阴”“寸晷”。

诗歌赏析

此诗为次韵之作，即按照赋诗对象的原诗韵脚和字数进行创作，全诗围绕“思念”与“隐逸”两大主题展开。一方面，诗人通过“济北淮南梦到稀”表达了对远方友人的深切怀念与无法相见的无奈；另一方面，又通过“应世君方持手板，畏人我已著山衣”等句，对比了友人仕途得意与自己隐逸山林的不同生活状态，透露出对隐逸生活的坚守与满足。同时，诗中也流露出对时光流逝的感慨和对友情的珍惜。

首联开篇即点明了诗人与友人之间的地理距离之远。济北、淮南，泛指北方与南方，这里特指诗人与友人所在之地。“梦到稀”，意味着连在梦中相见的次数都变得稀少。“牢愁”，即深重的忧愁，诗人以酒为伴，借酒消愁，但酒只能暂时缓解忧愁，无法根治。此联既表现了诗人的孤独与苦闷，也展现了其在隐逸生活中的一种自我慰藉方式。

“炼字”是江西派诗人的看家本领。“梦到稀”三字，简洁而富有深意，既表达了诗人对友人思念之切，又暗示了地理距离和信息隔绝导致诗人与友人难以相见。“牢愁”二字，则形象地描绘了诗人内心的深重忧愁。

颔联通过“饭颗诗人瘦”与“长须主簿肥”的对比，形象地描绘了诗人与友人不同的生活状态。“饭颗诗人瘦”化用李白《戏赠杜甫》：“饭颗山头逢杜甫，顶戴笠子日卓午。借问别来太瘦生，总为从前作诗苦。”“饭颗诗人”，指诗人自己，清苦消瘦；“长须主簿”，则明确指友人刘羲仲，时方任巨野主簿，生活富足、体态丰腴。此联既表达了诗人对友人仕途顺利的羡慕，也自嘲了自己隐逸生活的清贫与艰辛，同时，这种对比也体现了诗人对人生不同选择的理解和接纳。

颈联进一步对比了诗人与友人的不同生活选择。“应世”，即适应世俗、投身仕途。“手板”，古代官员上朝时所持的笏板，象征官职与地位。此句写友人正身处官场，手持手板，应对世事；而诗人则选择隐居山林，穿着山衣（即隐士的服装），远离尘嚣。这种对比不仅突出了隐逸与仕途的两种不同人生选择，也体现了诗人对隐逸生活的坚守和对仕途的淡泊。

尾联借春日景象抒发诗人对友人的思念和对时光流逝的感慨。“春来”，意味着时间的流逝与季节的更替。“消息甚疏阔”，说明诗人与友人之间的联系非常稀少，甚至几乎断绝。“徙倚”语出《楚辞·远游》：“步徙倚而遥思兮，怊惝恍而乖怀。”王逸注：“彷徨东西，意愁愤也。”“徙倚高原”，即徘徊、流连在高原上。“寸晖”，即短暂的时光。此句写诗人独自徘徊在高原上，珍惜着每一分、每一秒的时光，同时也暗含了对友人消息的期盼和对相聚时光的怀念。

林敏修的这首七律在艺术手法和炼字特点上都表现出了高超的技艺。通过对比、象征、借景抒情等手法的运用，以及精练含蓄、音韵和谐、富有画面感等炼字特点的表现，诗歌情感真挚而深沉，意境深远而富有哲理意味。

所谓“诗言志”，结合作者生平再看全诗，诗人通过对比友人与自己的不同生活状态，凸显了二人不同的价值取向和人生追求，彰显了自己对隐居不出的坚定执守。

另外，作为隐逸诗人，林敏修并不完全是淡泊宁静、安详自守的，他的诗歌往往流露出一股兀傲、不平的气息。如《竹溪》，刻画了一个隐于竹溪，对待“韵人佳士”和“俗子”态度泾渭分明的隐士形象。诗歌寄寓着耿介之意、抑郁之怀，甚至以嵇康、阮籍自况（“独余嵇阮辈，荡桨戒臣仆”）。这既是诗人自我心境的真切写照，恐怕也是本诗中诗人孤高郁闷的情绪来源。

灵岩百步阶图　近现代　周炼霞

周炼霞（1908—2000），字紫宜，号螺川，书斋名螺川书屋，又名忏红轩。原籍吉安，生于湖南湘潭。近现代著名词人、画家。十七岁从朱古微学词，又从蒋梅笙学诗。1922 年开始学画，师从郑壶叟。1934 年加入中国女子书画会，新中国成立后为上海中国画院画师。

画作赏析

在20世纪三四十年代的海上画坛，周炼霞与吴湖帆交好，轰动海上，故有“海上若知吴湖帆，便识风流炼师娘”之说。加上容貌姣好，以名媛身交际，又以清丽的词作加持，周炼霞一时令海上名宿如张大千、唐云等人倾倒。她擅画仕女，仪态万方，清丽淡雅，既有海派时风，又不失古典文人画之意趣。兼作花鸟，设色明丽，笔致清新。然其山水作品不多，此幅《灵岩百步阶图》实为罕见。灵岩即苏州灵岩山寺，画中上款的“妙真上人”即近代净土宗妙真法师。1928年受慈舟法师之请，妙真法师接任该寺住持，并重建灵岩山寺。1936年前后基本竣工，吴宫遗迹一一恢复，灵岩净土宗风为之远播，名闻中外。

据此推算，此图亦作于1936年前后，应是画家游灵岩山寺归来后所作。图中笔墨雅腴灵秀，设色缜丽清逸，颇类吴湖帆的画风，应是吴氏补笔润色所致，况吴氏所著《佞宋词痕》，亦有周炼霞之代笔，此图作时正是周吴交往最盛时期，故不足为奇。此图描绘灵岩山寺秋日盛景，布局精巧，着笔之景与留白各占画幅一半，宛如太极图。前景苍松繁密，岩壁倾危，杂树参差。中景山峦起伏，庙宇临水而筑，院墙林木荫翳，多宝佛塔高耸入云。院外枫叶点点红透，佛龛式石灯在侧，百步阶上一僧人正揖手礼佛。远景则长堤二痕，江上帆影点点。

山石轮廓以角形线勾出，转折处呈圭角状，山石结构以披麻皴为主，间有斧劈皴，用笔苍秀披离。山峦纵深处用笔稍重，复以淡赭、汁绿渲染出阴阳向背。苍松针叶细密，以细笔作攒针法，积线成面，复以青墨、淡绿渲染。杂树以圆笔草草披写，枫叶以朱砂红作落茄点写出，苔点细密，以圆笔蘸汁绿点写而成。远堤以淡赭墨草草刷写，建筑则为细笔双钩，略施赭石、青墨。白描写人物与船帆，意似便已。

次韵公实《雷雨》（七律）

洪 炎

惊雷势欲拔三山[①]，急雨声如倒百川。
但作奇寒侵客梦，若为[②]一震静胡烟[③]。
田园荆棘漫流水，河洛腥膻[④]今几年？
拟叩九关[⑤]笺帝所[⑥]，人非大手笔非椽[⑦]。

作者简介

洪炎（？—1133），字玉甫，豫章（今江西南昌）人，洪刍之弟。哲宗元祐末进士，曾任著作郎。南渡后，官至著作秘书少监，与兄洪朋、洪刍及弟洪羽合称“豫章四洪”。著有《西渡集》。

注释

①〔三山〕指海外蓬莱、方丈、瀛洲三神山。

②〔若为〕怎能。

③〔静胡烟〕平息胡人的战尘，指消灭金兵。李白《永王东巡歌十一首》："但用东山谢安石，为君谈笑静胡沙。"

④〔河洛腥膻〕指金兵践踏中原。

⑤〔九关〕传说中的九重天门。

⑥〔笺帝所〕给天帝上书。笺，笺奏，古代的一种文体。在此作动词，指给朝廷上奏本。

⑦〔人非大手笔非椽〕谓可惜自己才疏笔拙，写不出合格的奏本。大手，乃"大手笔"的简缩语，唐代燕国公苏颋、许国公张说被称为"燕许大手笔"（见《新唐书·苏颋传》）。笔非椽，《晋书·王珣传》："珣梦人以大笔如椽与之。"此处反其意而用之，谓自己文才、笔力皆弱。椽，屋椽，喻笔力雄健。

诗歌赏析

洪炎、洪朋、洪刍、洪羽四兄弟都是江西诗派诗人，号称"豫章四洪"。"四洪"乃黄庭坚外甥，受黄氏诗法诲示亦颇深。吴聿《观林诗话》说"豫章诸洪作诗有外家法律"，纪昀《四库全书总目提要》评洪炎诗"酷似其舅"。洪炎在诗词创作上于黄庭坚诗学多有继承，却绝非黄诗翻版。他善用夺胎换骨之法，虽也倔曲拗峭，但意象清奇，创造出潇洒落拓、奇中有平的美感。

洪炎在《豫章黄先生〈退听堂录〉序》中曾记录舅父黄

庭坚对他的言传身教，其云：“炎元祐戊辰、辛未岁两试礼部，皆寓舅氏鲁直廨中，鲁直出诗一编，曰《退听堂录》，云：‘余作诗至多，不足传，所可传者，皆百余篇而已。’”

洪炎对黄庭坚诗学之学杜宗杜、化俗为雅、以故为新等形式技巧都有继承和发扬，黄庭坚对杜甫在安史之乱中体现出的忧国忧民的儒家人格非常尊崇，这也深深影响着洪炎。此诗即学杜神髓之作，想象力丰富新奇，感情激昂悲愤，以浪漫主义手法抒写爱国主义精神。

“靖康之变”后，汴京失陷，诗人寄居客地，与好友郑公实屡有唱和，此诗即唱和之一。诗人由雷雨触动，从个人处境联想到国家的灾难，感叹“田园荆棘”“河洛腥膻”，有志上疏陈情，但自恨人微才弱，遂将一腔忧国深情倾注于诗中。

“次韵”指依次用所和诗中的韵作诗。“公实”即作者友人郑湛的字。

首联紧扣诗题，笔力雄健，气势非凡，以“惊雷”发端，用“拔三山”“倒百川”形容雷声的威力和暴雨的气势。“三山”，旧传海上有三座神山，即蓬莱、方丈、瀛洲。惊雷破空，其势仿佛要拔走蓬莱三山；暴雨倾泻的巨声，就像那百川冲决堤岸一般。

颔联承上联，对“雷雨”继续深入描写乃至延展，由实入虚，因此引发诗人由景入情的情感表达，所谓气不中断、意不偏离。“静胡烟”指平息金兵攻打北宋所带来的战火烟尘，化自李白《永王东巡歌十一首》中的“为君谈笑静胡沙”句，用得精切且不落痕迹。此二句描写诗人身居客地，难以入眠，又逢雷雨之夜，寒气袭人，惊扰旅人的梦魂。诗人忽发奇想，这震天的霹雳缘何不善解人意？又怎能叱咤震荡，扫净那遍地胡烟？

颈联二句则由“雷雨”引发的情思转回到现实之中，感慨深沉，诗境为之一开，深邃至大。“河洛”指黄河、洛水流域，意指中原。腥膻即腥臊的气味，暗含对金人的轻蔑之意。农家田园荆棘丛生，暴雨袭来，流水茫茫，漫成一片汪洋，而北方仍为金人占领，这些大雨流水为何不能洗去胡人多年来给中原王朝带来的耻辱呢？这两句蕴含着诗人的报国热情及对南宋残败政局的深深忧虑。风雨雷电之际，诗人由个人的处境，即田园荒芜，想到国家的灾难，心旌摇摇，沉痛之情不能止，一字一句以血书成。

尾联诗人难抑激愤之情，抒发了报国无门的感慨。上句谓欲向最高统治者上疏献策，语出屈原《离骚》：“吾令帝阍开关兮，倚阊阖而望予。”然诗人一介书生，有志陈词帝所，难免有“叩阍无门”之感。但诗人激于忠愤之情，仍然有意向皇帝陈情，表达自己忧国忧时的心志，希望朝廷早日组织力量，北定中原，使国家复兴。下句典出《晋书·王珣传》：“珣梦人以大笔如椽与之。”描写诗人虽有陈词之志，但感到自己人非大手，笔非如椽，唯恐倾诉有所不尽，无从产生补救时艰的效果。

江南烟雨图　近现代　傅抱石

画作赏析

傅抱石的山水画在继承传统的同时，融会日本画技法，受蜀中山水气象磅礴的启发，进行艺术变革，独创破笔散锋的“抱石皴”。他善用浓墨、渲染等法，把水、墨、彩融合为一体，粗放中蕴含精微的异常风格令世人耳目一新，对新中国成立后的新山水画发展起到了继往开来的作用。

雨景山水是传统山水画中极富特色的重要分支，历代成就者稀，洵非有大手笔者莫能。雨景山水发端于五代、北宋时期，南宋李迪、夏圭偶作雨景图，始见面貌；自梁楷、牧溪出，雨景山水渐成体系，明代浙派戴进、吴伟多有传续；到了清代，唯“扬州八怪”的金农、黄慎偶有涉笔。纵观美术史，于此领域有大成就者寥寥。直到傅抱石以独创的“抱石皴”图写暴风雨景，雨景山水才成为一大体系，这是对中国山水画的一次伟大变革和补充，也是傅抱石山水画最具特色的表现题材。

此图即傅抱石雨景山水的典范之作，描绘的是江南烟雨之景，展现了画家对自然景色的深刻理解和艺术上的卓越成就。画面苍茫灰蒙，飘洒逸宕，笔墨氤氲和融，大气磅礴之势欲出画面，令观者如临真境。此图采取传统“一江两岸”的布局，以俯瞰的视角展开画面。前景崖石圆浑，江波翻腾，苇丛摧绝。中景江面壮阔，暴雨如注，江上扁舟一叶，出没于狂风怒涛之间，高士撑伞蜷身避雨，舟子斜身力撑长篙。远景则芦苇飘荡，远堤隐没。

图中崖石以阔笔赭墨刷写，破笔浓墨点苔，以状体量之厚重。以散锋湿笔圈写苇丛，随即以淡绿铺染其上，再施复笔转扫，用笔披离迅疾，色墨氤氲而不失笔路。波涛则以散锋干笔皴写，近密远疏，复用淡墨刷写以增水面体量。暴雨则先以矾水斜洒，大笔破锋运淡墨快速扫出雨势，用矾水白线表现雨丝。点景以中锋细笔勾写船只，赭墨渲染，人物则以细笔作草书笔法勾写，神态妙肖，气息高古，笔意在顾恺之与陈洪绶之间。

寄谢无逸（七律）

汪　革

问讯江南谢康乐，溪堂春木想扶疏。
高谈何日看挥麈①，安步②从来可当车。
但得丹霞③访庞老④，何须狗监⑤荐相如。
新年更励於陵节⑥，妻子同锄五亩蔬。

作者简介

汪革（1071—1110），字信民，号青溪。江西临川人，祖籍歙县（今安徽歙县）。宋哲宗绍圣四年（1097）进士。与饶节、谢逸、谢薖并称“江西诗派临川四才子”。著有《青溪类稿》。

注释

①〔挥麈〕晋人谈玄，常挥动麈尾以为谈助，后称清谈为挥麈。秦观《满庭芳·茶词》："雅燕飞觞，清谈挥麈，使君高会群贤。"

②〔安步〕《战国策·齐策》颜斶云："晚食以当肉，安步以当车，无罪以当贵，清静贞正以自虞。"

③〔丹霞〕即唐代丹霞天然禅师。

④〔庞老〕指庞蕴，湖南衡阳人，唐代禅门居士，世称"庞居士"。

⑤〔狗监〕《史记·司马相如列传》："蜀人杨得意为狗监，侍上。上读《子虚赋》而善之，曰：'朕独不得与此人同时哉！'得意曰：'臣邑人司马相如，自言为此赋。'上惊，乃召问相如。相如曰：'有是，然此乃诸侯之事，未足观也。请为天子游猎赋，赋成奏之。'上许，令尚书给笔札……奏之天子，天子大说（悦）。"

⑥〔於陵节〕指战国时齐国的高士陈仲的气节，陈仲亦称陈仲子、田仲、於陵仲子。据《孟子·滕文公下》，"于齐国之士，吾必以仲子为巨擘焉"，盖陈仲子"身织屦，妻辟纑"，且陈仲子"齐之世家也，兄戴，盖禄万钟。以兄之禄为不义之禄而不食也，以兄之室为不义之室而不居也，辟（避）兄离母，处于於陵"。诗人以"妻子同锄五亩蔬"收束全篇，掩卷沉思，谢无逸之高士形象亦浮现于读者眼前。

诗歌赏析

汪革曾傍溪筑室，名为"青溪楼"，学者因此称其为"青溪先生"。他少时就学于学者吕希哲门下，与其孙吕本中尤莫逆，而一时名士如张耒、陈瓘皆爱敬之。曾任长沙、宿州、楚州教授。其诗骨力遒劲，用语屏绝纤秾，洒脱奔放。亦能文，其文直抒胸臆，声情并茂。

谢无逸即谢逸，字无逸，一字夷季，工诗善文，与弟谢薖齐名，并称“二谢”。诗人与“二谢”同学于吕希哲，三人修身砺行，皆不为世俗污染毫发。这首诗通过描绘谢无逸的生活场景和心境，表达了自己对隐逸生活的追求和对友人的钦佩之情，反映了当时文人对仕途生活的厌倦。整首诗用典恰当，体律森严，炼句警拔绝伦，情挚而意境深远。

首联起句中的“谢康乐”指南北朝时晋宋间诗人、文学家、山水诗派鼻祖谢灵运，因袭封康乐县公，世称“谢康乐”。谢无逸的诗风与谢灵运相似，均清新幽折，吕本中因此评其诗“才力富赡，不减康乐”，时人称之为“江西谢康乐”。对句中的“溪堂”是谢无逸傍溪而筑的草堂，谢无逸自号溪堂先生。“扶疏”意指良木挺拔、枝叶稀疏。后多指人的品性高尚、志向高远，多见于《吕氏春秋》《淮南子》等。“想”字用得精警，即“问讯”的自答，使前后句结构更紧实，意脉不断。诗人作此定语，喻指二人关系亲近，熟悉对方的生活环境：向“江西谢康乐”先生问好，先生所隐居读书的溪堂前后，想必一定是春木参天，高拔掩映，扶疏蓊翳吧，正如同先生那超拔的品格、高远的志向。

颔联对仗工整，对谢无逸那超拔的“扶疏”状态进一步进行描绘。“麈”，指麈尾做的拂尘，魏晋士人清谈时，常挥动麈尾做的拂尘以为谈助，即“挥麈”。“高谈何日”本作“何日高谈”，诗人力求句律之工稳，故为倒装句式。什么时候能与谢无逸相聚，如同魏晋士人那样言谈高尚，挥动着麈尾做的拂尘以助兴？与他安闲踱步，聆听高论，从来都是胜过乘坐豪华马车的一大快事。此二句表达了诗人渴望与友人相聚畅谈的愿望，以及对隐逸生活的追求，即内心的宁静与富足。

颈联二句真千古名句，其气格堪与李白“安能摧眉折腰事权贵”媲美，真是知识分子为追求个人价值、人格独立的呐喊与宣言。起句“丹霞访庞老”出自《景德传灯录》中的禅宗公案。“丹霞”指唐代著名禅僧，法号天然，因住南阳丹霞山，世称“丹霞禅师”；“庞老”指唐代禅门居士庞蕴，他素有“东土维摩”之称，又称“庞居士”。而“狗监荐相如”出自《史记·司马相如列传》中杨得意向汉武帝推荐司马相如的典故。“狗监”指汉武帝时，杨得意掌管皇家猎犬的官职，唐代王勃《滕王阁序》“杨意不逢，抚凌云而自惜”中的“杨意”即杨得意的省称。全句的意思：倘若能像丹霞天然禅师访庞居士那样充满内心觉悟与灵照，又何须像杨得意推荐司马相如而得汉武帝的赏识一样呢？昔王勃之所期，却为诗人所厌弃，进一步展现出诗人对隐逸生活的向往，即无须借助外在力量的推荐和赞誉，来肯定自我价值与人格的独立。

尾联则是对隐逸生活的具体描述。“於陵”指的是战国著名思想家、隐士陈仲子，他辞齐国大夫之聘，迁居於陵，织屦为生，自食其力，以示“不入污君之朝，不食乱世之食”，世称“於陵子”。诗人在尾联收束处，用此典故，其心志不言而喻。由谢无逸的隐逸生活而受到启发，诗人希望自己像於陵子一样勤俭节约，与妻子一同耕种五亩蔬菜，自给自足。

人物图册之五　**明代　郭诩**

郭诩（1456—1532），字仁弘，号清狂道人，江西泰和人，明中期著名画家。工书画，善山水、人物，面貌有粗细之分，画风既清逸又豪放，笔法既俊雅又粗犷，造型简括传神，墨气淋漓酣畅，尤善绘古人清士，题署简逸潇洒。与吴伟齐名，为当时名家吴伟、沈周、杜堇所推重。草虫、工笔、写意兼备，又善花鸟杂画，设色淡雅，信手拈来，辄有奇趣。

画作赏析

清代顾文彬《过云楼书画记》评：“今观郭清狂名迹，写生似玉潭、人物似松雪、山水似梅华道人，出入元大家，而自有苍莽之气。”而明代李开先在《中麓画品》中说：“郭清狂，其原出于小仙。”即李开先认为郭诩师承吴伟。纵观郭诩的人物画，似有吴伟的笔路风致，可上溯元代赵孟頫乃至唐代吴道子，神气淌穆，独具一格。其写意人物画多以历史人物故事或宗教人物故事为主。《人物图册》作于弘治癸亥（1503），作者时年四十八岁，正是壮年，此作为其笔健气雄之作。该册共十一开，纸本墨笔淡设色，共绘十一个历史人物典故。此图即其中第五幅《高士画竹图》，布局疏密有致，人物笔墨苍秀清逸，竹石则健劲豪放。除观赏石略作皴笔之外，图中着笔处皆为白描手法。但见高士风神俊秀，跏趺而坐，峨冠博带，褒衣宽袖，一副怡然自若的神态。他右手托起画卷，左手欲靠臂搁，似要将卷中写竹图与真竹比风姿。画案在侧，笔砚旁搁，前有奇石微倾，孔洞透漏，坚凝嶙峋，丛竹掩映在其间，茂叶翠盖，萧萧若有君子风。

图中高士为画心所在，故用笔细致，造型严谨，笔墨似有吴小仙之风致。脸部五官以淡墨细笔勾出，须发用笔松秀，点睛即活。衣纹以铁线描勾勒，顿挫有致，用笔流畅爽利，峭拔劲挺。转折处露钉头鼠尾状，圭角凹凸处略以淡墨渲染，峨冠博带处以中浓墨分染，以状其质不同。其余画案、笔砚、臂搁皆以中锋勾写后，或中浓墨分染，或细笔排点。奇石用笔粗犷豪放，以角形线勾出轮廓，中侧锋并用，顿挫铿锵而奇崛。复以侧笔枯墨作刮铁皴，皴擦出石之结构与肌理，进而以中墨渲染出阴阳向背，最后用淡墨罩染，苍皴坚凝而秀润。丛竹全为双钩法勾勒，中锋健劲爽利，笔势跌宕潇洒，力如拔钉，积线成面，疏密错落又聚散有致。最后用淡墨刷染画面背景，既衬人物前后空间，又状竹、石之有别。

早梅二首·其一（七绝）

李 錞

雪径清寒蝶未知[1]，暗香[2]谁遣好风吹。
野桥[3]漏泄春光[4]处，正为横斜一两枝[5]。

作者简介

李錞（生卒年不详），字希声，豫章（江西南昌）人。官至秘书丞。与米芾为友，与徐俯、潘大临同时，生活时代为北宋末至南宋初。工诗，是江西诗派中人，其诗崇尚黄庭坚，风格与韩驹相近。著有《李希声集》。

注释

①〔雪径清寒蝶未知〕谓早梅开时，小径堆雪，蝶畏寒而不见踪影。可与林逋《山园小梅》中的“霜禽欲下先偷眼，粉蝶如知合断魂”同参。

②〔暗香〕林逋《山园小梅》中的“疏影横斜水清浅，暗香浮动月黄昏”乃脍炙人口的名句，李希声此句“暗香”及末句“横斜”皆点化自林逋此联。

③〔野桥〕亦从林逋《山园小梅》中的“水清浅”联想而来。

④〔漏泄春光〕亦有来历，似出自杜甫《腊日》：“侵凌雪色还萱草，漏泄春光有柳条。”

⑤〔一两枝〕扣题中“早梅”之“早”，此句应受晚唐著名诗僧齐己《早梅》的“昨夜一枝开”的启发而来。

诗歌赏析

李錞，錞为古军事乐器，《老子》有“大音希声”，故李錞字希声。诗宗黄庭坚，风格与韩驹相近，典语自然，炼字精工，写意顺畅，平淡处见深邃意。

这是一首押“支”韵的七绝。这首诗通过描绘早春的雪景，表达了大自然的幽玄与侘寂之美，特有一种禅宗美学的意韵，极具画面感：雪径封住了寒冷的蝴蝶，暗香在冷风中若有若无地飘荡；野桥旁，几枝寒梅横斜而出，透露出春天的气息。整首诗通过对细节的细腻描绘，展现了早梅的独特色彩和生机，表达了诗人对自然美景的赞美之情。

首句平白如话，诗人几乎采用散文式的平叙手法来破题。此句给人一种万籁俱寂的感觉。密雪封裹着的小径让人联想到早春的寒冷与静谧，同时也暗示了蝴蝶因为严寒而无法蹁跹交扑的情景，使“清寒”更甚一层。“蝶”本是春天活跃的昆虫，只有在春天，才会有“破茧成蝶”的生动景象。而“未知”则是拟人手法，春生夏长，秋收冬藏，本是万物的规律，而诗人以“未知”而期“有知”，隐喻诗人期待春天的到来。这也为次句的“谁遣”做了伏笔。

次句中的“暗香”，化自林逋《山园小梅》“暗香浮动月黄昏”句，后有王安石《梅》“为有暗香来”句，特指梅花的幽香。“好风”在古代诗词中多次出现，例如李商隐《无题·凤尾香罗薄几重》中的“何处西南待好风”，苏轼《永遇乐·彭城夜宿燕子楼》中的“好风如水”，曾巩《延庆寺会景纯正仲希道介夫明叟纳凉同观建邺》中的“好风吹雨来”，等等，意指令人满意的风。诗人走在早春的雪径上，不经意间嗅到梅的幽香。“谁遣”好风呢？自然是蝴蝶。如此，首句与次句在结构上的呼应愈发紧实，使全句于平淡处见深邃。诗人期望蝴蝶随着“好风吹”翩翩起舞，把幽香播散开来，望春之切，如此含蓄。

第三句笔锋一转，别开生面。如果说前两句采取散点透视，分别描绘对早春的感觉与嗅觉，此句则镜头一转，有特写之妙，而无刻露气，透着几分不经意。“野桥”即野外之桥，意指人迹罕至处。“漏泄”一词用得极生动，浅切而精警。欲寻春光，踏破铁鞋无觅处，无意苦争春，春在野桥西。诗人通过这一描写暗示了春天即将来临。春光透过野桥的缝隙而乍然泄漏，预示着寒冷的冬天即将过去，春天的阳光即将照耀大地。

末句中的“横斜”化自林逋《山园小梅》“疏影横斜水清浅”句，后特指梅枝横斜交叉状。“为”字用得巧，亦见诗人炼字精工，可谓之“诗眼”，其收束全篇，与第三句“野桥漏泄春光处”呼应，意脉连贯。野桥旁为何会春光乍泄？原来这春光正是因为“横斜一两枝”的梅花而“漏泄”。“梅花报春”，正是此意。

扬无咎（1097—1169），字补之，号逃禅老人、清夷长者，自称为汉扬雄后裔，故其姓不从“木”。清江（今江西樟树）人，寓居豫章（今江西南昌）。宋代著名画家。诗词、书画均享盛名，擅水墨梅、竹、松石、水仙，以画梅最为著称。亦能画人物，师法李公麟。书学欧阳询，笔势劲利，小字清劲。亦能词，文辞清雅，著有《逃禅词》一卷。

四梅图　宋代　扬无咎

据传，扬无咎爱梅成痴，所居萧洲，庭中植梅树“大如数间屋，苍皮藓斑，繁花如簇”。他终日观赏临摹，得其“篱边月下，疏影横斜”之态。宋徽宗年间，扬无咎以画进宋徽宗，宋徽宗笑曰“村梅耳”，因自署“奉敕村梅”。扬无咎笔下的墨梅与当时画院中盛行的富丽华贵的“宫梅”绘法完全不同，他独创用墨线圈写花瓣，改变了之前以色彩或晕染点花之法，“变黑为白”的技法更适宜表现疏香冷逸的梅花特性。其墨梅对后世影响甚大，其侄扬季衡，甥汤正仲，徒刘梦良、徐禹功等人皆得其法。同时代的赵孟坚画白描水仙，亦从其出。后世墨梅画妙手如王冕、陈宪章、王谦、金农、李方膺等人，都受到他的影响。

扬无咎生性耿介，不慕名利，不俯仰时好，故其画有“孤标雅韵”之风。据载，绍兴（1131—1162）间，因不满赵构、秦桧等人对外妥协苟安，扬无咎“累征不起”。其傲兀耿介，

可见一斑。所作墨梅“清逸逼人”，不染纤尘，独步一时，在南宋时“江西人得补之一幅梅，价不下千百匹”（《洞天清禄集》）。南渡后，宫人以其梅张壁间，时有蜂蝶聚集其上，可见其画之疏香冷逸！

根据画跋，可知《四梅图》是应好友范端伯所绘，作于乾道元年（1165）七夕前一日，时年画家六十八岁。范端伯，名直筠，范仲淹曾孙。从布局上来看，《四梅图》为一长卷，画分四段，可拆可合，每段又可自成为独幅作品，以第四幅（从右至左）“将残”段为例，构图上采取“折枝取景”的样式，布局疏朗。梅的主干以飞白枯笔勾斫，状老干苍皮之斑驳，笔力苍劲，顿挫铿锵。从枝以圆匀的湿笔勾出，转腕崛崎间尤见中锋之骨力劲挺。细枝则以中锋细笔写出，松秀间又见劲健硬瘦。梅花则以淡墨细笔勾勒，用笔劲利，敧正侧蹲，仰偃各态。花托、梅萼仅用墨笔点就，笔力峭拔，状如拔钉。以轻松的细笔勾写花心，尖笔点蕊，意似便已。全卷纯用水墨，不施任何色彩，但墨色丰富，浓淡、干湿、焦重呈现各种变化，画面给人以斑斓之感。作者以梅借景抒情，既再现了梅的自然之美与傲雪凌霜的品性，又表达出作者迟暮伤怀的情感。

两宋交替间政治动荡、社会不安，这直接或间接推进了中国文人墨画的发展。扬无咎生于其时，开“墨梅派”之先河，对后世的绘画乃至艺术史都产生了深远的影响。

和李上舍《冬日书事》（七律）

韩　驹

北风吹日昼多阴，日暮拥阶黄叶深。
倦鹊绕枝翻冻影，飞鸿摩月[①]堕孤音[②]。
推愁不去如相觅，与老无期稍见侵。[③]
顾藉微官少年事，病来那复一分心！[④]

作者简介

韩驹（？—1135），字子苍，蜀仙井（今四川仁寿）人。宋徽宗政和初，以献颂补假将仕郎，召试舍人院，赐进士出身。除秘书省正字，累官著作郎、中书舍人、直院学士。因被指为苏轼之党而谪降，后以集英殿修撰提举江州太平观。高宗绍兴年间，知江州（今江西九江），卒于抚州。曾从苏辙学，苏辙赞其诗似唐人储光羲，黄庭坚称其诗“超轶绝尘”，为江西诗派重要诗人。著有《陵阳集》。

注释

①〔摩月〕从月边掠过。摩，迫，近。

②〔堕孤音〕留下阵阵孤凄的悲鸣。

③〔推愁不去如相觅，与老无期稍见侵〕极言愁思之深与老境将至。

④〔顾藉微官少年事，病来那复一分心〕顾藉，顾借。微官，指官位低微。尾联二句谓回顾自少年以来，毫无凭借，故一直官位低微，现在年已老大，再也没有一分名利心。

诗歌赏析

韩驹少时以诗为苏辙所赏，苏辙在《题韩驹秀才诗卷》中称赞“恍然重见储光羲”，黄庭坚称其诗“超轶绝尘”。他的诗讲究韵律，锤字炼句，追求来历典故，气格流动朗畅。韩驹生活在宋金战乱时期，写有一些反映现实生活的佳作。诗歌方面，韩驹主张：“诗言志，当先正其心志，心志正，则道德仁义之语、高雅淳厚之义自具。”亦主张：“学诗如学禅，诗道如佛法。”还强调：“诗作必先命意，意正则诗生。”尤注重诗歌首尾的联属和语言的锤炼。朱自清说：“韩驹诗言志……的主张是中国历代诗论的纲领。”

“李上舍”指的是李彭。宋代太学生按成绩分为上舍、内舍和外舍，其中上舍生是成绩最好的学生，可直接授官。李彭成绩佳，是上舍生，因此被称为李上舍。这首诗是韩驹对李彭原作《冬日书事》的和作，诗人不因诗是和作而勉强从事，而如他的其他诗一样，以全力出之，磨淬剪裁，均臻妙境。

此诗前半写景，随时间而推移；后半抒情，步步抒发独特心境。首联切题，写出冬天的景色。北风呼啸，吹走飞雪，天色阴霾沉沉，到了黄昏，被吹落的黄叶在阶前堆积得越来越深。这说明此时为初冬，枝上仍有残存的黄叶，又被风吹落。此为眼前实景，是人们习见而不注意的现象。“拥”字用得十分传神，形象地描绘出黄叶狼藉又堆积深厚的情状。宋代陆游《老学庵笔记》就点出了韩驹作诗喜用“拥”字的特点，“如‘车骑拥西畴’‘船拥清溪尚一樽’之类，出于唐诗人钱起‘城隅拥归骑’也”。由此可见，韩驹能将一个字在不同的诗境中活用，体现了他深研字义的本领。

颔联承上先写“倦鹊绕枝”，后写“飞鸿摩月”，一句一景，颇有画面感。因寒风凛冽，绕枝的乌鹊也不禁瑟缩，所以说它们“翻冻影”；大雁避寒南飞，好像擦着月亮而过，留下几声哀鸣。“翻”“倦”“摩”“堕”等字都是诗人着力推敲的字眼，也体现了韩驹诗工巧的特点。出句的“翻”字，写出乌鹊绕枝未停、翩翩飞舞的状态。“倦”字形容乌鹊想要寻找落脚之木，也很精巧。对句的“摩”字，从视觉上写出高翔的大雁掠过冷月，而“堕”字描绘雁鸣从高空传向大地，听后令人顿觉清旷，又不免心生凄凉。

诗的上半首写景绵密，满目凄清肃穆、哀凉孤苦的景象，已或多或少透露诗人的心境。诗的下半首转入抒情，显得虚疏。

颈联说愁绪缠身，叹愁哀老。“推愁”意驱愁，愁像自行寻觅而来的不速之客，却推也推不掉；与老并无相会之约，衰老却不知不觉地来临，并滋扰“我”。诗写“愁”“老”用了拟人化的手法，新颖活脱，在调侃中含无可如何之意，避免了寻常的叹老诉愁的表述，有强烈的新鲜感，所以方回评说：“五、六前辈有此语，但锻得又佳耳。”

尾联情感越来越显露，“词气似随句而降”（清代贺裳《载酒园诗话》）。诗人为什么会哀愁叹老呢？那是因为少年时一意进取，立志追求仕宦，如今老来多病，这些都已显得不那么重要，他再也没有一分名利心。诗的结尾渐入衰飒，情调很低落，正是诗人处在新旧党争的旋涡中心的心理反映。果然没多久，他便因“坐为苏氏学”而遭谪降。直到后来新党失势，复召为著作郎。

古木寒鸦图　宋末元初　罗稚川

罗稚川，生卒年不详，大致生活在宋末元初。临川（今江西抚州）人。元代著名画家。能诗文，精鉴赏，擅长山水画。枯木、坡石师北宋李成、郭熙一路，十分注重线条的回转曲张，画境苍凉肃穆，胡助《纯白斋类稿》说：“稚川山水是幽奇，点缀分明似郭熙。”树石学荆浩、关仝，小景学惠崇，山峦人物学马远，花鸟师黄筌，人物师唐人。撷取诸家之法再师造化，俱臻妙境，具有独特风格。罗稚川的作品在当时影响颇大，不仅在江西地区有名，而且“图画河朔尽流传”，在北方也有一定声誉。

元代虞集（1272—1348）《空山歌》载，他于弱冠之年，曾见罗稚川“挥翰甚风流”，从虞氏生年下推，1291 年罗稚川尚在世。虞集记载了罗氏早年生涯：“忆昔侍郎镇成都，将佐盈庭宾客趋。锦官城外笳鼓发，驷马桥边高盖车。”据此，罗稚川曾是南宋时镇守四川成都的年轻将领。理宗端平三年（1236）金兵陷成都，特别是宋亡，彻底改变了他的人生道路，他开始了隐居生活。宋亡，入元不仕，以诗画自娱。

罗稚川不仅取法传统，也主张师法自然，曾自谓：“我以眼为手，天地万物皆吾师，吾能得其意与理，貌取色相特其皮。”时人评其“作诗点出未来眼，一扫徐熙与郭熙”，可见罗稚川在当时的影响。他与颜辉开启了元代山水画转师北宋李成、郭熙画风之艺术局面。其人品和画品深受同时代书画大家赵孟頫等人的推崇。

此图描绘了万籁俱寂中生命力仍然强盛的古木寒树与禽鸟。布局上采取“一江两岸”的平远法构图。其中近景坡石，由左上向右下取势，呈三角形稳定构图。画面主景和中景、背景呈“之”字的穿插布置，以及空中回旋飞动的鸦群，使画面产生一种音乐性的节奏感。崎岖的石岸、矫健的枯树，偃仰雄奇，隔江远处的山峦覆雪，幽渺深沉，江边和林梢点缀着一群冒寒觅食的飞鸟，意象鲜明，令人立即感觉到晚冬的寂寞，以及大自然冷峻的神力。这种深沉冥漠的山水格局不是文人画笔下的自然，而是李郭一脉宋代院画的孑遗。

山石轮廓以角形线勾出，小斧劈、卷云皴写山石肌理结构，用笔苍秀披离，复以淡墨层层烘染出阴阳向背，用墨明净，留白衬雪。近树亦作角形线，树节多窟窿状。虬枝穿插伸展，笔力苍茫峭拔，树干略作皴笔后淡墨渲染。树枝以中锋劲挺之笔勾写，或如蟹爪下垂，或如鹿角上仰。远树或淡墨散锋皴写，或破笔点簇，笔墨松而轻快。天水二处以淡墨渲染，既增体量又状雪质。两山纵深之间，用淡墨层层渲染前后空间关系，前二鸟勾写工细严谨，后群鸦墨笔写就，笔墨简括，妙肖生动。纵观全图，寒凝寂阔而又幽深静穆，可知元代唐棣《摩诘诗意图》笔墨气象，尽出于此。

春日怀秦髯[1]（七律）

李　彭

山雨萧萧作快晴[2]，郊园物物近清明。
花如解语[3]迎人笑，草不知名随意生[4]。
晚节渐于春事懒[5]，病躯却怕酒壶倾。
睡余苦忆旧交友，应在日边听晓莺[6]。

作者简介

李彭，字商老，南康军建昌（今江西永修）人。宋代江西派诗家，曾与苏轼、张耒等人唱和。精于释典，被称为“佛门诗史”。著有《日涉园集》。

注释

①〔秦髯〕李彭的友人。有人指秦髯即秦湛，字处度，秦观之子。

②〔快晴〕为久雨天晴而感到快意。

③〔花如解语〕罗隐《牡丹花》："若教解语应倾国，任是无情亦动人。"解语，意谓领会人们的语意。陆游早年学江西诗派，其《闲居自述》"花如解语应多事，石不能言最可人"，即从罗隐此句点化而来。此江西诗派"夺胎换骨"之法也。

④〔草不知名随意生〕草不知名，与李彭同时的张嵲《山中月夜草色香烈颇如昔年上庸鹿门之游感而有作》有"露濡幽气馥，涧草不知名"之句，当是暗合。南宋辛弃疾《鹧鸪天》"山无重数周遭碧，花不知名分外娇"，则无疑受李彭此联启发。"随意生"三字，不唯紧承"草不知名"，且化用王维《山居秋暝》中的"随意春芳歇，王孙自可留"及李煜《清平乐》中的"离恨恰如春草，更行更远还生"，用典可谓无痕。

⑤〔晚节渐于春事懒〕既化用杜甫《遣闷戏呈路十九曹长》中的"晚节渐于诗律细，谁家数去酒杯宽"，又照应下句后三字"酒壶倾"。晚节者，晚年也。

⑥〔日边听晓莺〕化用秦髯之父秦观《千秋岁》中的"花影乱，莺声碎""日边清梦断，镜里朱颜改"，可谓妙合无垠。"日边"代指朝廷，《宋书·符瑞志上》："伊挚将应汤命，梦乘船过日月之傍。"《行路难》所谓"忽复乘舟梦日边"是也。

诗歌赏析

此诗描写了清明时节的景象：轻柔的春雨、盛开的百花、无边的春草，以春意盎然的意象来反衬诗人年事已高、疾病缠身、思念友人秦髯的苦闷心情。

首联先从小园景物写起，表现愉悦心境。李彭的家乡建昌城郊有一花园，名为“日涉园”，他闲来无事，日游于此，故自号“日涉翁”。时逢春日，一场潇潇小雨过后，天气很快就放晴了。诗人来到小园漫步，不仅空气显得格外清新，而且景物更明洁秀美，令人赏心悦目。这里的“作快晴”三字，把物当作人来写，仿佛天气很解人意，雨过即晴，让诗人尽快来欣赏这园中的美景，以畅情怀。“物物”则点出所有景色皆美，无一例外。不用说，雨后游园赏景的心情一定是愉悦的，这就为全诗抹上一层亮色，直启下两句。这两句先写雨，再点明时序，显得曲折有致，波澜顿生。如果两句位置互换，那就语气平直、一览无余了。

颔联上承首联，把盎然春意具体刻画了出来。诗人采用拟人法，既写出一派明媚景象、蓬勃生机，又写出人们的欢愉心情。其中，“花如解语”不是俗草闲花，而是流光溢彩的天香国色。诗人活用王仁裕在《开元天宝遗事》中的典故，从借指人化为实指花，创造出新的意境。无边春草，新绿欲滴，放眼花卉，撩人欲醉，春天的气息十分浓郁。然而诗人之意并不在此，这只是为下文做一反衬。

颈联为全诗一大转折，尽管春天如此妩媚动人，尽管人们因春天的到来而心情欢畅，但诗人年事渐高，游兴阑珊，所以说“晚节渐于春事懒”。这句是从杜甫“晚节渐于诗律细”

句变化而出的。文人好赏花，喜饮酒。于诗人，赏花既已无意，饮酒又为病体所禁。“却怕”二字，既是对病体的客观描述，又点出无心饮酒的主观意愿。心情的抑郁、颓唐，已得到具体说明。前面对春事的描写越夸张，越予以强调，就越突出此处心情的落寞、消沉，两者形成强烈对比。然而诗人眼前还不是一片灰色，他对人生还有执着的企望、追求，那就是友谊。

尾联实为全诗点睛之笔。百事不乐，只思念友人，不是“长忆”而是“苦忆”，此二字实为诗眼，用字分量极重，表现了友情之深。“日边”用了一个常用典故，表明所苦忆的友人秦觏是在京都。但此语与“晓莺”安排在一起，除了原来的含义，又使人联想到日丽莺歌，既切合诗题“春日”，又构成明丽形象，意境大为丰富，一扫颈联的抑郁，给全诗带来了一抹亮色。

诗人极写春色的美好，用来反衬自己心情之苦闷；又以心情之苦闷，来反衬对友情的执着。两次反衬，突出了友谊的弥足珍贵，这就是诗人在结构安排上别具的匠心。

湖山春晓图　五代宋初　巨然

巨然，生卒年不详，钟陵（今江西进贤）人，五代宋初僧人，中国山水画大师，南派山水之祖。擅山水画，师法董源，为其嫡传弟子。专画江南山水，擅以长披麻皴画山石峰峦，笔墨秀润。山顶多作矾头，林麓间多卵石，并掩映以疏筠蔓草，置之细径、危桥、茅屋，得野逸清静之趣，深受历代文人画家喜爱。他丰富了董源开创的南派山水画风，与董源并称“董巨”，与荆浩、关仝、董源并称“五代山水四大家”。其对元明清乃至近代以来的山水画发展有着深远的影响。

画作赏析

巨然的山水画师法董源，其笔墨、皴法，以及淡雅、温润的艺术风格和董源的山水画非常相似，具有明显的董氏南派山水的风格。巨然山水画有一个特点：于峰峦岭窦之外，林麓之间，犹喜作卵石、松柏、疏筠、蔓草等，画中幽溪细路，屈曲萦带，竹篱茅舍，断桥危栈，爽气宜人。这和董源山水画的表现内容很相似，但巨然的山水有自己的独特与创新之处，在南派山水画的基础上，他也颇受北方自然山水的影响，同时还受到北派山水画技法的影响。据说巨然到汴京以后，为了谋求在北方画坛的发展与影响，他曾临摹过北方山水画家的作品。在构图上，巨然喜以高山大岭、重峦叠嶂为特色，这和董源的平远山水构图区别很大。巨然的点苔法也很有特点，他喜爱用鲜明、疏朗的大墨落茄皴点写山石苔草，其长披麻皴比董源的皴法更粗密，笔法亦更加老辣。

《湖山春晓图》为巨然的一幅巨制，图中将高山的雄伟和幽静都深刻地表现了出来。画中绘江南一派湖山，山色迤逦平雅、傲远凝重、怡然秀丽。山中央坐落几间房屋，犹如伫立在仙境之中。画中绘有七人，或行走赶路，或游玩戏水，或倚床小憩，山势的雄伟和生活的安逸，在画中充分流露出来。山峦略绘成锥体状，有近、中、远景三层，为主体所在，远景仅见缥缈之山头。林麓间、峰峦上有俗称“卵石”或“矾头”之群石。

图中山石以披麻皴绘成，除矾头外，多属长披麻，笔笔沉着而带润泽之意。用墨浓强部分少，而淡处多。山石造型无特意追求雄伟或奇险之体势，画中无烟云之形状，但笔墨浓淡与景物虚实间，饶具烟云之气氛。通幅有平淡之意，而无奇绝精巧之趣。

郭若虚称巨然画云：“巨然工画山水，笔墨秀润，善为烟岚气象，山川高旷之景……”而米芾则赞曰：“巨然师董源，今世多有本。岚气清润，布景得天真多。”两家之评约已道出巨然山水特有的风貌与神韵。

春日二首·其二（七绝）

晁冲之

阴阴溪曲①绿交加，小雨翻萍上浅沙。

鹅鸭不知春去尽，争随流水趁桃花。

作者简介

晁冲之（1072—？），字叔用，早年字用道，济州巨野（今山东巨野）人，北宋江西派诗人。与堂兄晁补之、晁说之、晁咏之皆当时名家。早年师从陈师道，绍圣初党争激烈，兄弟辈多遭谪贬，遂隐于阳翟（今河南禹州）具茨山，后自号具茨。十多年后回到汴京，当权者欲加任用，拒不接受。终生不恋功名，授承务郎。与吕本中为知交，来往密切。著有《晁具茨先生集》十六卷。

注释

①〔溪曲〕小溪弯曲处。

诗歌赏析

晁冲之出生于北宋名门、文学世家，早年师从陈师道，后远师杜甫。吕本中在《紫微诗话》中评他："独专学老杜。"刘克庄赞其"意度宏阔，气力宽余，一洗诗人穷饿酸辛之态"，又赞"南渡后放翁可以继之"。其诗笔力雅健，风格高古。晁冲之在词作方面也有成就，《汉宫春》等几首词构思新奇，世人评价颇高。

这是一首寓情于景的惜春诗，是诗人晚年感时寄慨之作，人赞其渊淳雅正，气有余闲。诗人也曾是一位豪华自放的名门才子，如今已步入人生之暮秋，面对小溪阴阴、细雨翻萍、鹅鸭戏水的春日，有此吟咏感怀。诗的形象鲜明，逼真传神，画面感十足，令人感到趣味澄鲜，余韵不尽。

首句仿佛电影镜头一般，特写草木阴阴、夹溪而生。小溪曲曲折折，水之绿与花草之绿交相辉映，勾勒出一幅"绿动"的春日图画。"绿"字用得极佳，既作形容词，亦是形容词使动用法，化平淡为灵动，不仅传达了春天的色彩，还赋予画面动态感。

次句写景工巧细密，"翻"字使整句活了起来，让画面静中有动。"小雨翻萍"一句，表现出作者对景物观察的细致，仿佛微距镜头的精细特写。蒙蒙细雨打在水中的浮萍上，浮萍因雨打而翻出细嫩的小叶，有些浮萍还被雨水冲到沙岸。

第三句一转，由景入情，描写小溪中的鹅鸭不知春天将要逝去。末句写鹅鸭争先恐后，在溪中游来游去，追逐着落在水中的桃花。从鹅鸭逐春的描写中，流露出诗人淡淡的惜春感情，大抵是时到暮秋，诗人在叹息自己的人生之春“去尽”了！

另外，第三、四句是七绝较为习见的结构模式。它以第三句的“不知”引出之后的十个字，引出“不知”之内容、情状的具体化。此种句法结构显得呼应紧凑，而且造成末句的生动、精警，出人意表地将全诗紧扣在悠徐不尽的况味之中。

桃花鸭戏图　近现代　柳子谷

柳子谷（1901—1986），又名习斌，号怀玉山人，玉山县下镇人。近现代著名画家、美术教育家。毕业于上海美术专科学校，民国时曾任上海美术专科学校教授、南京美术专科学校国画系主任。新中国成立后任教于沈阳师范学院、山东艺术专科学校等。山水画宗北派马、夏一路，苍劲挺秀，逸韵澄净。兼善花鸟、人物画，尤擅画竹，自成一格，潇洒出尘，萧萧有声，被誉为“竹圣”“板桥第二”。与徐悲鸿、张书旂并称“金陵三杰”。

柳子谷的花鸟画常以仿古色宣淡淡的底色托底，喜用白粉调和墨色，强调画面色彩的冷暖对比与明度对比，画面典雅明丽，形成粉、色与笔墨兼施的清新流丽画风，极大地丰富了近现代花鸟画的内涵，此种融合西洋色彩的画风与张书旂相类。在继承传统笔墨基础上，柳子谷创造出具有浓郁民族画风的花鸟流派，对近现代花鸟画的发展做出了卓越的贡献。

除了上述融合西洋色、粉与传统笔墨的画风，柳子谷的花鸟画还有一路是取法任伯年的风格，加上兼善写生，笔墨凝练概括，色彩妍丽，造型生动，形神兼备。此幅《桃花鸭戏图》即此类画风的精彩之作，描绘的是苏轼《惠崇春江晚景》中“竹外桃花三两枝，春江水暖鸭先知”的诗意。画中三两枝桃花从画面右部倾斜而出，采取“折枝取景”式特写，花之灼灼，娇艳欲滴，时春江明媚，二鸭相伴相逐，萍草点点，一片春意正酣的无限生机溢出画面。此中画境也颇合晁冲之《春日》中的“鹅鸭不知春去尽，争随流水趁桃花”的诗意。

桃花粗干以阔笔淡墨勾出，转腕摧锋间，阴阳向背尽现，用笔粗放率意，骨力崛崎。复以草篆笔法勾写细枝与花柄，笔势迅疾健劲，硬瘦峭拔，墨气浓醇。花瓣萼片以阔笔蘸西洋红点写，仰偃欹正，浓淡相宜，聚散开合。复以细笔勾写花心，点写花蕊。浓墨点苔，状如拔钉。二鸭黑白相间，相衬相映。先以枯笔作白描法勾写白鸭，皴笔作羽毛，淡墨写鸭尾，寥寥数笔，简括妙肖。

复以墨笔皴写黑鸭，间补浓墨皴笔状写羽毛。略施淡赭、淡青分染鸭嘴与身躯，西洋红点白鸭喙，与桃花之绚丽色彩相映成趣，状雌雄而有变，此是“计白当黑”法。同时以青墨刷染水面，细笔勾写水草，势如拔钉，墨色氤氲自然，既强化笔墨节奏与层次，又增加画面律动感。

九日（五律）

江端友

万里江河隔，伤心九日[①]来。
蓬惊秋日后，菊换故园开。
楚欲图周鼎[②]，汤犹击夏台[③]。
东篱那一醉，尘爵耻虚罍。[④]

作者简介

江端友（？—1134），字子我，号七里先生，陈留（今河南开封陈留镇）人。靖康初以吴敏荐召见，为承务郎，赐进士出身，任诸王宫教授。上书辩宣仁诬谤遭黜，渡江寓居浙江桐庐之鸬鹚源。宋高宗建炎元年（1127），任福建路抚谕使。绍兴二年（1132），主管江州崇道观，卒于温州。著有《自然庵集》。

注释

①〔九日〕即“九月九日”，亦即重阳节。

②〔楚欲图周鼎〕此用“楚问九鼎”之典，《左传·宣公三年》：“（楚庄王）至洛，观兵于周郊。周定王使王孙满劳楚王。楚王问鼎小大轻重，对曰：‘在德不在鼎。’庄王曰：‘子无阻九鼎，楚国折钩之喙，足以为九鼎。’”后用“问鼎”或“图鼎”代指篡夺王位。此指金兵南伐，意在吞并宋朝。

③〔汤犹击夏台〕《史记·夏本纪》：“（桀）乃召汤而囚之夏台，已而释之。”夏台，夏代狱名，又名钧台，在今河南禹县南，代指牢狱。此句谓南宋王朝定可迎回徽钦二帝，洗雪靖康之耻，收复中原。

④〔东篱那一醉，尘爵耻虚罍〕陶渊明《饮酒》：“采菊东篱下，悠然见南山。”那，怎能，哪能。爵，盛酒的礼器，形似雀，青铜制，有流、两柱、三足，用以温酒或盛酒，盛行于商代和西周初期。罍，古代一种盛酒的容器，小口，广肩，深腹，圈足，有盖，多用青铜或陶制成。

诗歌赏析

江端友与弟江端本皆以诗著名，与晁冲之、吕本中交游唱酬。他的诗集早已佚失，从现存的几首诗看不出有黄、陈等人的影响。他的诗风大多平率直易，语言质朴。在宋人笔记、诗话、选集等选入的江端友作品中，以《牛酥行》《玉延行》两首叙事讽刺诗最为典型，这两首诗语言利落，以乐府式平叙方式叙事，虽不着一语评论，但讽刺批判无处不在。

这首五律诗《九日》，作于诗人南渡之后的重阳节，句律自然工整，而感慨深沉悲凉，风格近似杜甫的五律。诗人以深沉的情感和细腻的笔触，描写了面对时光流转、世事变迁的感慨与思考。

首联开篇即营造出一种时空的距离感和情感的沉重感。由于战乱，诗人南渡，江河隔绝了诗人与故土，断绝了诗人与亲友们的联系。而“九日”则点明了重阳节这一特定的时间节点。王维在九月九日的重阳节发出“每逢佳节倍思亲”的感慨，所以诗人不免有些“伤心”：因与故土隔绝而伤心，因佳节思亲而伤心。“伤心”一词，不仅表达了对时间飞逝的哀叹，也暗含了对国家命运及战乱后人生无常的感慨。

颔联中“惊”“换”用得妥帖恰当，前者是诗人南渡后，依然胆战心惊的心理状态，以漂泊的“蓬”自比；后者描绘南渡后的生存空间，以傲霜的“菊”自喻。全句基于首联“伤心”的心理状态，进一步渲染多重的情感表达。秋天的萧索荒寒，风起云涌，让漂泊在外的蓬草感到惊慌失措，象征着诗人内心的动荡不安。而“菊换故园开”表面描写自然界的更迭，实则隐喻诗人南渡的时间不短了，新栽的菊花已开放。同时也包含了诗人对人生轮回与变化的感喟，暗含诗人对故乡的种种记忆和怀念。

颈联起句典出《左传·宣公三年》。禹铸九鼎，三代视之为国宝。楚王问鼎，有取而代周之意。故“图周鼎”意指图谋夺取现有政权，泛指觊觎攻占别国。对句“夏台”又称钧台，典出《左传·昭公四年》。夏启召诸侯，大宴于钧台，史称“钧台之享”，象征夏朝王权的开启。末代君主夏桀将汤囚禁于此。这两句运用了历史典故，借以抒发作者对历史兴衰、世事变迁的感慨。“楚欲图周鼎”，意指楚国想要夺取周王朝的权力象征——鼎，隐喻金国发动战争觊觎宋朝；“汤犹击夏台”，则指夏桀将商汤囚禁，其后商汤灭夏的故事，象征着正义终将战胜邪恶。这两句通过历史典故的运用，表达了作者对金发动的战争的批判，以及北伐复国的坚定信念。

尾联收束全诗，以酒为媒介，表达了诗人面对复杂世事的无奈与逃避。“东篱”化自陶渊明“采菊东篱下”句，象征着归隐田园的理想生活。“爵”为古代贵族饮酒之器，后泛指礼器，象征王权。诗人有意加上“尘”字，意味深长。“罍”为古代盛酒的容器，小口，深腹，圈足，有盖。诗人着意加上“虚”字，自谦中又有无能为力之叹。诗人只能暂时以酒麻醉自己，逃避现实的痛苦。可是“醉”时往往最清醒：空空如也的酒杯，在高贵的爵面前也是羞愧的，即使爵沾满尘土。此处形象地表达了诗人对南宋偏安一隅的不满，以及无力改变的无奈。

整首诗通过丰富的意象和深邃的哲思，展现了诗人对国家命运、时代变迁，以及理想与现实之间矛盾的深刻反思，语言凝练，情感真挚，具有很高的艺术价值。

霜菊秋寒图　近代　洪庶安

洪庶安（1887—？），原名基，字庶安，又字丽生、牧石，号甦庐。江西婺源人。近代著名画家。寄居上海，工画，善花卉，尤以重彩花鸟画著称。勾勒写生，皴染赋色，出入恽寿平、沈铨而尤近程璋。

画作赏析

寓居上海期间，洪庶安积极参与过很多书画社活动，其中包括了非常有名的海上题襟馆和豫园书画善会。1911年，他在上海建立了青漪馆书画会，同时任会长一职。他还参与创建停云书画社，该社除了吴昌硕、黄宾虹等画坛巨匠，还有一些政界风云人物，如吴稚晖、于右任等，社内成员切磋技艺、诗画雅集，轰动一时。

洪庶安多以花鸟入画，所以时人称其“宗宋元院本”。虽然他的作品与院画有相似之处，但细心之人不难发现，院体画注重用笔的工整细致，有较强的装饰性，而洪庶安的笔墨则更倾向于凸显书写性，显示出他对传统绘画不只有继承，还有艺术上的创新。此幅《霜菊秋寒图》即此类佳作，菊花用笔工整细致，又见线条的书写性，尤其太湖石全以古篆籀笔法写出，充满金石气。全图设色妍丽而不失淡雅，笔墨气息在恽寿平、沈铨、程璋之间。画中题有诗跋：“蕨薇无恙且加餐，短发难梳不著冠。一卷《离骚》消夜雨，几枝霜菊共秋寒。”诗跋的书法特有一种南田体的圆润秀婉意韵。原诗见于赵云壑于壬戌（1922）所作《菊石图》，此图虽未署年款，但从引用的题诗来看，应是1922年后所作。

图中菊花的茎干以细笔双钩，赋以淡青加淡黄色渲染，以状其厚。叶片攲正各态，疏密穿插有致，皆用阔笔刷写而成，笔头蘸花青，笔肚蘸淡黄或淡绿，一笔即呈阴阳向背，颇具立体感。复以中锋细笔勾筋，用笔劲利流畅。花头则全以细笔作双钩白描法，用笔圆匀如铁线篆，或盘拢积攒，或卷曲舒展，穿插繁密，呈现花开绽放之姿。复以鹅黄、胭脂分染花瓣，另三朵并不赋色，与太湖石的墨笔、花叶彩笔相映衬，有“计白当黑”之妙。花心处复笔渲染，强化花头的体积感与立体感，可见画家在传统技法的基础上吸收了西洋法。太湖石则以篆隶笔法勾斫，略用破笔皴擦出，复以淡墨刷染，圆笔浓墨点苔，可见画家吸收了海派名手的北碑笔意，石峭拔健劲，骨力嶙峋，使画面兼工带写，工整细致之外又充满了金石气息。

喜晴（七律）

谢　薖

十日江村烟雨蒙，晓来初快日升东[①]。
挼莎[②]蕉叶展新绿，纵臾[③]榴花开晚红。
得句又从山色里，发机浑在鸟声中。
披衣出户眄[④]四野，好在良苗怀晚风[⑤]。

作者简介

谢薖，字幼槃，北宋临川城南（今属江西抚州）人。与其兄谢逸齐名，二人并称“二谢”；又与饶节、汪革、谢逸并称“江西诗派临川四才子”。著有《谢幼槃文集》《竹友集》。

注释

①〔晓来初快日升东〕清晨起来，看见太阳升起感到愉快。

②〔挼莎〕揉搓。亦作“挼挲”。

③〔纵臾〕通“怂恿”。《汉书·衡山王刘赐传》：“与奚慈、张广昌谋，求能为兵法候星气者，日夜纵臾王谋反事。”

④〔眄〕斜视。

⑤〔好在良苗怀晚风〕陶渊明《癸卯岁始春怀古田舍二首》：“平畴交远风，良苗亦怀新。”

诗歌赏析

全诗以晴日初升为背景，描绘了田园风光的美丽与生机，表达了诗人对自然之美的热爱和对田园生活的向往。

首联以“江村烟雨”铺开背景，烟雨笼罩的江村景象，犹如水墨晕染，更以“十日”点明阴雨连绵之久，营造出一种朦胧而静谧的氛围。而“晓来初快日升东”则以晴日初升一扫空蒙，仿佛揭开天地帷幕，展现了田园风光的美丽与生机。

烟雨蒙蒙的江村与晴日初升的景象转换自然，对比鲜明，突出了晴日的美丽与生机，用“日升东”来象征新生活的开始和希望。同时，诗人炼字造境，以“蒙”字形象地描绘了久雨缠绵的湿润与朦胧，“快”字则生动地表现了诗人对晴日的喜爱和期待。语句的节奏由慢转快，自悠扬而入清越。

颔联以雨后初晴的植物为描写对象，进一步展现了田园风光的生机蓬勃。“挼莎”一词表现出蕉叶在雨后的柔软与娇嫩，以及诗人对自然之美的细腻感受。而“展新绿”

则进一步表现蕉叶的活力，仿佛酣眠初醒，舒展身体，青纱飘逸，迎接朝阳。同样，“纵臾榴花开晚红”展现了榴花的娇艳与美丽。以“纵臾”来写榴花开放的姿态，既显其奔放与热烈，又暗示了诗人对生命的热爱和对美好生活的向往。

诗中运用了拟人和色彩对比的手法，赋予蕉叶和榴花生命及活力，使它们仿佛成了诗人的朋友和伙伴。蕉叶慵懒，榴花热烈。节奏缓急有致，画面舒张自如。诗人又将绿色和红色进行对照，把世界渲染得摇曳多姿、斑斓可喜。

王夫之在《姜斋诗话》中指出：“情景名为二，而实不可离。神于诗者，妙合无垠。巧者则有情中景，景中情。”他还讲道：“景中生情，情中含景，故曰，景者情之景，情者景之情也。”谢薖在《喜晴》中便做到了这一点。

诗人以“十日江村烟雨蒙”开篇，勾勒出一幅朦胧而神秘的田园图景，让人仿佛置身于江南水乡的烟雨之中。接着，“晓来初快日升东”一句，又以晴日初升为序幕，天地清朗，展开田园生机的画卷。这种由朦胧到清晰的转变，不仅表现了时间的流逝，也暗示了诗人内心的情感由淡淡的惆怅转向畅快的欣喜。随即拉近视线，以身侧的“蕉叶”和“榴花”为自己的情感染上更为鲜明的色彩，让喜悦和期待有了具体的形象。这样以景造境、以境生情，自然流利而耐人咀嚼，非妙手不能办。

颈联以创作过程为描写对象，“得句又从山色里”形容自己从山色中汲取灵感的过程，既表现了大自然对诗人的启迪作用，又暗示了诗人对自然之美的深刻理解和感悟。而“发机浑在鸟声中”则进一步以鸟声为背景，诗人创作时的愉悦和兴奋由此可见。这里用“发机”来形容自己创作时的灵感迸发，既表现了诗歌创作的神秘和奇妙，又暗示了诗人对艺术与美的热爱和追求。正如钟嵘在《诗品序》中指出："气之动物，物之感人，故摇荡性情，形诸舞咏。"正是在这样天人合一的境界里，诗人将个人的情感融入景色之中，物我浑融。

这种心的境界，也恰是宋代理学发展对士大夫的深刻影响的表现。程颢《秋日》诗云："万物静观皆自得，四时佳兴与人同。道通天地有形外，思入风云变态中。"诗人在天地万物里"得机"，获得的不仅仅是诗的灵感，更有对生命与大道的顿悟，因而才会有灵魂和心境的升华，才会进一步对田园生活的宁静乐在其中。

于是自然而然引出尾联，其化自陶渊明"平畴交远风，良苗亦怀新"（《癸卯岁始春怀古田舍二首》），自然无痕，功夫老到。

诗人披衣出户，眺望四野，看到良苗在晚风中摇曳生姿，心中充满了喜悦和满足。这里的"好在"二字，表达了诗人对田园生活的赞美和珍惜。

溪山萧寺图　近代　黄起凤

黄起凤（1889—1939），字晓汀，晚号鹤床，江西上饶人，近代著名画家。父黄云亭，能书画。黄起凤幼承庭训，幼时即能对花写生。早年旅居上海，毕业于上海龙门师范学校。壮年游学江浙，师事曾熙，曾执教于上海美术专科学校，后居桐庐十余年。工山水画，初宗“四王”，晚年作浅绛山水，迹近石涛，笔墨隽逸。晚年虽患偏瘫，仍作画不辍。传世作品甚多。

画作赏析

在“元四家”中，吴镇的山水画最接近五代和宋初的画风，他不仅最大程度地继承了五代董源、巨然的秀润画风，而且融合马远、夏圭乃至荆浩、关仝等人的硬朗画法，同时渔隐题材与其自身的隐逸经历完美契合。在“四王”摹古风盛行的清代画坛，吴镇绘画风格的影响更是广泛和显著。而“四王”之一的王鉴，是这一时期研习吴镇画风最重要的代表，其作品以《仿梅道人山水图》《仿梅道人溪亭山色图》最为著名。

吴镇是否有《溪山萧寺图》传世已不可考，黄起凤的《溪山萧寺图》从笔墨特征及布局上看，应是他对王鉴仿吴镇诸画所作的变体。这是后人摹古的一种学习手法，例如王蒙著名的《青卞隐居图》由截取和演绎郭熙的《早春图》而来。至五代宋初李成《晴峦萧寺图》出，后世凡作“萧寺图”者，皆有晴日之喻。《唐国史补》：“梁武帝造寺，令萧子云飞白大书‘萧’字，至今一‘萧’字存焉。”后称佛寺为萧寺。

图中所绘夏雨初晴之景，溪山苍翠，云岚叠岫，夏木垂荫，萧寺隐隐，篷船离岸，舟子撑长篙载客访幽而归。此图布局开阔饱满，疏密有致，有五代全景式山水的良规。近景涯石高树与中远景高峻层叠的山峦呈掎角之势，险中求平、平中求变是也。山径与萧寺隔溪相望，唯舟可渡。中景则是画心，萧寺半藏于晴峦烟树之间，幽折含蓄。山下长堤横卧，草泽丰沛，平水如镜，一溪桥忽转不见。远景则云岚叠岫，云雾与高峻的晴峦互衬有无。

山石轮廓以角形线勾斫，略以斧劈皴、披麻皴作肌理；坡岸则用笔疏简圆匀，全用披麻皴勾写，以状二者质地有别。以破笔湿墨点树，用笔松而沉着，浓淡相破，淡墨、渍墨、枯墨互为生发，层次丰富，墨气氤氲成片，厚中见透，其余杂树则以草篆劲挺之笔勾写。舟楫、人物、庙宇、溪桥则白描简写，与山峦林木相映成趣。远山淡墨以湿笔刷写，意思简当。

纵观全图，作者对湿、重之气的营造与把握，于“四王”有过之而无不及，同时呈现出江南烟雨的润泽气息和北派山水的强硬骨感，此正是梅道人吴镇绘画最为突出的特征与神髓。

仁风台[1]（七绝）

夏 倪

天水相浮合渺漫[2]，杖藜翘首得遐观。

只应台上开阊阖[3]，便觉银潢到耳端[4]。

作者简介

夏倪（？—1127），字均父，或作均甫。蕲州（今湖北蕲春）人，北宋宰相夏竦之孙。徽宗宣和年间，自府曹左官祁阳（在今湖南永州）监酒。著有《远游堂集》。

注释

①〔仁风台〕在湖北汉阳。《汉阳府志》载："仁风台，旧名寥廓台，在秋兴亭东。久废。古志：'宣和中，知军事蔡纯臣重缮，更其名曰仁风寥廓。'"仁风台在南际楼附近。南际楼建于唐代，在汉阳县治东。宋代蔡纯臣重修汉阳城时，将其改建为南门城楼，沿至清代。《诗经·小雅·四月》载："滔滔江汉，南国之纪。"郑玄笺："江也，汉也，南国之大水，纪理众川，使不壅滞；喻吴楚之君能长理旁侧小国，使得其所。"后又称南方为"南纪"。夏倪另有《南纪楼》诗云："江发岷山如瓮口，汉从嶓冢又东流。滔滔江汉为南纪，我忆禹功时倚楼。"可与此诗同参。

②〔渺漫〕水流广远貌。漫，平仄两读，此处读平声。

③〔阊阖〕指神话中的天门。

④〔便觉银潢到耳端〕银潢即银河。此句谓能听到银河水流之声，极言仁风台之高。

诗歌赏析

夏倪与江西诗派同时代的大部分诗人都有交往，诗文唱和。他乐善好施，有政治责任感。张扩将他比作汲黯，惠洪赞他气度有如张九龄，即使遭贬，仍不减壮志雄心。惠洪在《远游堂记》中说他"知国知兵"，可见夏倪是诗派中不可多得的文武全才。夏倪的诗不仅在文辞上丰富多样，而且感情细腻丰富，意境深邃悠远。

仁风台在汉阳凤栖山上，原名寥廓台，后改此名。初建于唐代或北宋前期，北宋末重修，毁于元末。这首七绝押"寒"韵，全诗描绘了仁风台的壮丽景象，诗人以细腻的笔触展现了天水交融、视野辽阔的自然美景。

首句运用了夸张的手法，将天与水融为一体，营造出一种广阔无垠的视觉效果。“渺漫”二字生动地描绘了这种辽阔的景象，仿佛天地之间只有水天一色，令人感到心旷神怡。次句通过诗人的动作——手持藜杖抬头远望，进一步强调了诗人视野的开阔和对远方景色的向往。“杖藜”在传统文学、绘画中有独特的意蕴，一指闲适豁达，一指杖藜者年老，诗中兼有二者况味；“翘首”生动表达出盼望之心；“遐观”则是杖藜翘首的结果。此一细节不仅表现了诗人对自然美景的热爱，也暗示了他内心的宁静与超脱。

第三句中的“阊阖”典出《楚辞·离骚》：“吾令帝阍开关兮，倚阊阖而望予。”王逸注：“阊阖，天门也。”诗人将视角提升至更高层次，仿佛站在仁风台上，能够开启天门，如此才有末句银河直泻到耳端的浪漫。这里运用了神话般的想象，表达了诗人对宇宙奥秘的向往和探索精神。同时，“银潢到耳端”这一夸张且充满浪漫主义色彩的描述，既体现了诗人对银河之美的赞叹，也寓意着诗人心灵的纯净与高远。

诗中“合”“得”“开”“到”用得极高明，可见诗人琢句炼字，合于规矩又超出绳墨，真变化莫测。“合”是状物真实之空，无我之境也；“得”则为主观理想之实，有我之境也；“开”虽虚构之想象，却似实见之真；“到”似想象之真实，而意味无穷。故说一切景语皆情语，感慨邃深却如脱口而出，使全诗一境三谛而无矫揉装束之态，堪与柳子厚《江雪》中“独孤灭绝”四字媲美。吕本中《紫薇诗话》：“夏均父倪文词富赡，侪辈少及。”《夏均父集序》：“贤而有文章，其于诗，盖得所谓规矩备具，而出于规矩之外，变化不测者。”

整体而言，这首诗通过丰富的意象和巧妙的比喻，展现了仁风台作为观景胜地的独特魅力，以及诗人面对自然美景时的内心感受和哲学思考。

山水图　元末明初　方从义

方从义（约 1302—1393），字无隅，号方壶，又号上清羽士、金门羽客等。江西贵溪人。元末明初著名画家。早年入道，为龙虎山上清宫正一派道士，后游历全国，至正三年（1343）入大都，名声大振，名臣危素称他为“方外之交”。方从义工诗文，书法以古隶、章草最佳，擅山水，喜泼墨，尤擅云山墨戏，画格极高，无尘俗之气。早年画风严谨秀润，晚年不拘于形，笔墨潇洒奔放，意境苍茫。

画作赏析

元代山水画大致可分三大流派：董巨传派、李郭传派、马夏传派。其中，董巨传派强调笔墨技法和文人意趣的表达，提倡“古意”与“士气”，在三大流派中成就最高，影响力也最大。方从义的山水画风亦属此派，但他不拘泥于成法，在师法董、巨的基础上，融合了米氏父子云山墨戏与古隶、章草入画的笔法意趣，加上深厚的道家底蕴及游历大江南北的丰富经历，又师法造化，从而创造出苍润放逸的独特画风。晚岁更笔墨多变，奔放而不拘于形。因其不重形似，影响力不如黄大痴、倪云林等人，令人叹惋，然其超越时代审美的佳构，宛如遗世独立的星辰，在中国艺术史上熠熠生辉，不断闪烁着独特而神秘的光芒。

此图画于“至正辛卯上巳”，即至正十一年（1351）三月初三日，属画家早期画作。与画家晚年的笔致跌宕、奔放苍茫相比，此图笔墨严谨、萧散秀润，一派平淡天真之致。据载，方从义大约在14世纪50年代初返回贵溪上清宫。上清宫是龙虎山上除天师府外的最主要道观，此后他一直在此居住至1375年，其间吟诗作画，结识了许多朋友，如邓愈、常遇春、张羽、高启等人。此图描绘的是龙虎山仙水岩一带烟笼丹山的奇景，烟云似幻梦，缭绕于海天，灵韵而有仙气，宛如仙境，令人心驰神往。前景丘陵斜卧，怪石嶙峋，丛树高拔入云，葱茏蓊郁。中景丹霞巨崖如雄狮横卧，平台高阜，上开阊阖，下则壁立千仞，云蒸雾涌，须臾宛作龙腾之变，俄顷犹闻虎豹之声。远景则一峰突起，状如金枪，直冲九霄之外。一山缥缈空蒙，如望儿之慈母，与金枪峰相对凝望。

此图布局疏朗开阔，着笔处恰巧平分画面，平中求变，变中求奇。前景丘陵斜卧，以枯笔勾写，略作皴笔，即以淡墨草草渲染，意思简当，无一丝刻露气。坡石以枯笔浓墨勾出，随即侧笔皴擦，笔致松秀而苍劲，以淡墨皴染出阴阳向背，浓淡互破，而不失骨力。丛树写法似二米、高克恭一路，以阔笔湿墨横点而已，又作浓墨复笔相缀，浓淡相宜，墨色氤氲丰富而自然，间以中锋细笔勾写枝丫，以状变化。复以中锋勾写根枝，不使有肉无骨焉。中景丹霞巨崖、平台、卵石皆用枯笔淡墨勾出，略作折带皴，即以淡墨皴染其厚，焦墨枯笔复勾山石轮廓，强其骨力。云雾则先以淡墨细笔勾出起伏变化之轮廓，复施淡墨渲染，间用侧笔衬染以状其变。远山为淡墨侧笔草草刷染而成，不费妆缀，意似便已。

子瞻[①]画扇（五律）

林敏功

夫子江湖客，毫端托渺茫。
攒峰埋暮雨，古树困天霜。
逼侧余僧舍，溟蒙失雁行。[②]
生死随化[③]尽，此意独难忘。

作者简介

林敏功，字子仁，又字松坡。蕲州（今湖北蕲春）人，林敏修之兄。十六岁时科举省试落第，叹曰："轩冕富贵，非吾愿也！"遂杜门不出二十年。政和七年（1117），宋徽宗赐林敏功"高隐处士"，比照朝散大夫（从五品上）品级，旌表林家门庭，告身（即委任状）曰："尔好学博古，遂志山林。萧然无为，恬不愿仕，朕所嘉尚，贲以令名。"

注释

①〔子瞻〕苏轼，字子瞻。

②〔攒峰埋暮雨，古树困天霜。逼侧余僧舍，溟蒙失雁行〕既述东坡所画扇面之景，亦对苏轼遭贬后的经历深表同情。攒峰，高耸入云的山峰。困天霜，被满天风霜所困。逼侧亦作逼仄，指所居狭窄。雁行，本指大雁飞行的行列，此喻兄弟，指苏轼、苏辙，亦喻同僚，如黄庭坚、秦观等。“雁行”前着一“失”字，感慨极深。

③〔生死随化〕王羲之《兰亭集序》：“向之所欣，俯仰之间，已为陈迹，犹不能不以之兴怀，况修短随化，终期于尽！古人云：‘死生亦大矣。’岂不痛哉！”东坡《自题金山画像》诗云：“心似已灰之木，身如不系之舟。问汝平生功业，黄州惠州儋州。”最能见其“生死随化”之彻悟。

诗歌赏析

林敏功因精研《春秋》闻名。年十六参加省试，下第归，后杜门不出凡二十年。哲宗元符末诏征不赴，徽宗政和中赐号“高隐处士”。与弟林敏修皆隐君子，世号“二林”，吕本中赞其为“君子”。林敏功博通五经，尤长于诗，勤于著述，有诗文百余卷，号《蒙山集》，散佚无存。从现存八首来看，有述怀、题画、述行、赠人等主题，题材丰富且语言精练，注重意境的营造，诗风清新自然，意蕴深厚。

林敏功与大多数江西诗派诗人有交往，且有往来诗文为证。根据《苏东坡年谱》可知，元丰五年（1082）春末，苏轼于蕲水访隐士吴瑛扑空，同在此地，访得“二林”。苏轼在会面时为林敏功画扇面山水一幅，并附词《鹧鸪天·林断山明竹隐墙》，词中有“又得浮生一日凉”的名句，词中意境，直追《定风波·莫听穿林打叶声》。词注中称，词作真本藏于林敏功家中。与此词相呼应的，即林敏功的赠诗，题曰《子瞻画扇》，这首诗曾收录于南宋孙绍远《声画集》中，才未致散佚。根据题诗，画中绘有峰峦、古树、僧舍、雁群、暮雨、寒霜等景物，全诗既描绘了扇画的内容及意境，也表达了苏轼面对“意难平”遭遇的豁达与乐观精神。

首联起句直接道明苏夫子当时的身份，“江湖”字面意思为江河湖海，但由此引申出的诗人身份认同，则是一种与庙堂（即朝廷、官场）完全对立的社会身份（意指苏轼因“乌台诗案”被贬黄州）。“客”字用得极妙，“江湖”本就漂泊无定，加个“客”字就更加萧索凄绝了。对句“渺茫”更是一语双关，而“托”字被用活了。夫子下笔急急如雨，毫端所触，一片渺渺茫茫，这何尝不是夫子所处前路渺茫的境遇呢？

颔联二句皆是隐语，“攒峰”喻指苏轼高远的志向与襟怀，“古树”喻指苏轼高古超拔的品格；“暮雨”意指朝堂的昏暗，“天霜”意指朝堂的严峻；“埋”“困”二字用得生动且形象，使该联更具双重意象。此联描绘的是画面远景与中景，层峦叠嶂的远峰被暮雨所掩，天色溟蒙；山腰上几棵苍劲挺拔的古树被严寒的霜天包围着，却依然气势超拔。

颈联则描绘画中的前景，危崖逼仄处，隐约藏着庙宇的一角，僧舍若隐若现；一群大雁消失在溟溟蒙蒙的细雨中。“逼侧”何尝不是苏轼此时的处境呢？“僧舍”可从苏轼赠词《鹧鸪天·林断山明竹隐墙》“林断山明竹隐墙……村舍外，古城旁”句中解。沦落到逼仄境地的苏轼，访友不遇却到了诗人的隐居之所，这大约是苏轼“余”的收获了吧。“溟蒙”亦可从《鹧鸪天·林断山明竹隐墙》“殷勤昨夜三更雨”中旁证，所以才有苏轼感慨的“又得浮生一日凉”。至于“失雁行”，大概是诗人所感而已，苏轼恰恰是惬意的。

尾联起句“生死随化尽”，自王羲之《兰亭序》中“修短随化，终期于尽”句化得，诗人在感叹生命无常的同时，又追问生命究竟有何意义。对句“此意独难忘”恰恰是答案，即哲学上的“此刻生存”。人的生命长短，听凭造化，到最后都归结于消灭。然而，唯独忘不了东坡夫子给予的真切情义，这恰恰是人生的意义所在吧！

东坡先生像　近代　王梦白

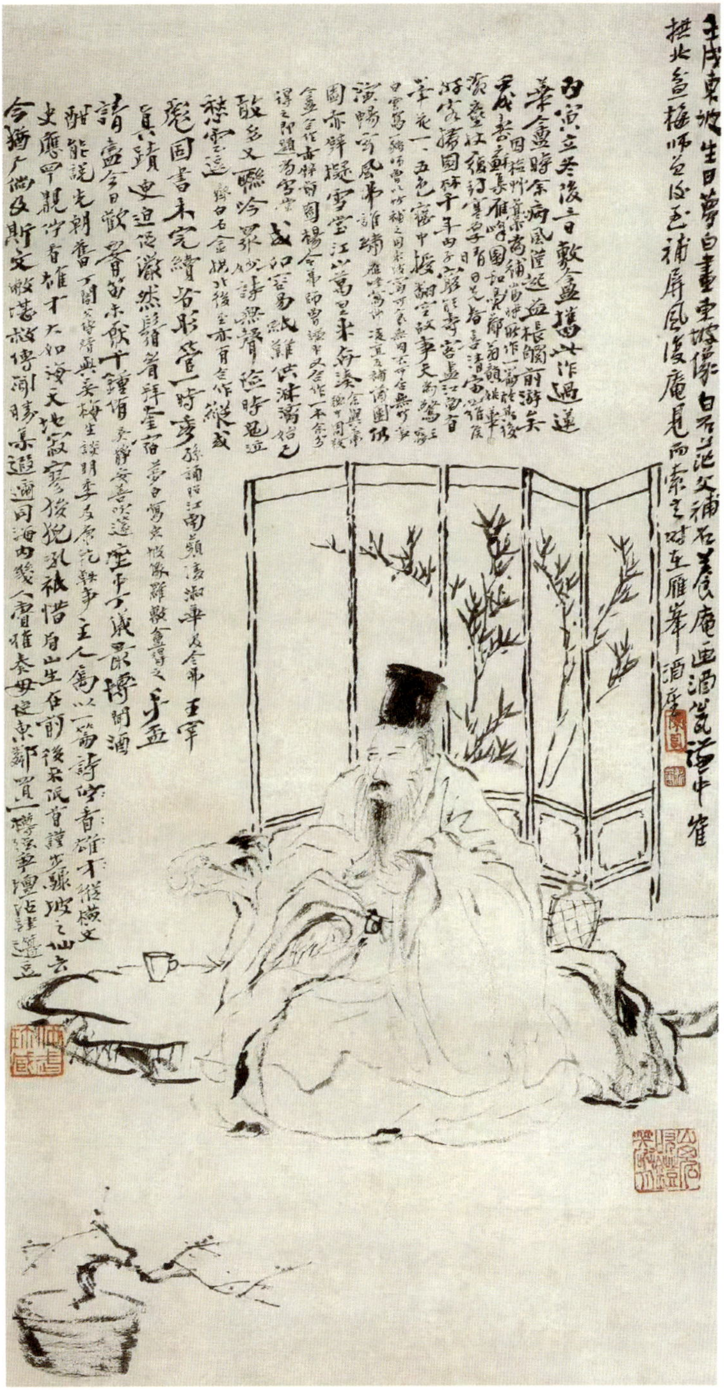

王梦白（1888—1934），名云，字梦白，号破斋主人，又号三道人。江西丰城人，出生于浙江衢州。近代著名画家，京津画派杰出代表。幼年在上海钱庄当学徒，花鸟画初学任颐，后拜吴昌硕为师。民国初任司法部录事，陈师曾极力为之揄扬，并劝改学李鱓、华嵒，技艺大进，并引为北平艺专教授。善花卉、草虫、翎毛，喜写生，动物画尤佳。山水人物皆精，诗词亦清新。曾一度赴日举办画展，后寓居天津，穷困潦倒而死，年仅四十六岁。

画作赏析

因早年住地与三溪接壤，王梦白自号三溪渔隐，此即三道人之由来。他称居所为映雪馆，又称三衢读画楼。值得一提的是，王梦白的一生虽与老家江西的关系不甚密切，然每社交不忘乡籍，名片赫然写着："江西老，王云，字梦白，号破斋主人。"其与陈师曾志同道合，陈师曾不仅在艺术上给予其点拨，还荐其为北平艺专教授，更襄其赴日举办画展并取得好评，其中的乡邻桑梓之谊因素，亦不可估量。

壬戌（1922）之秋，北平为纪念苏东坡诞辰885周年，邀名书画家聚于罗园，与会诸公尽风流。王梦白应邀即席画《猪》一幅，活泼而具憨态；陈师曾于猪旁补画疏竹，并题东坡名句"宁可食无肉，不可居无竹"，推为与会佳作。另有罗园主人罗雁峰画《礼佛图》，花鸟画家凌文渊补画蒲团。萧谦中、周肇祥、姚华合绘《前赤壁图》一幅；杨令茀、陈师曾、萧谦中合绘《雪堂图》一幅。

罗园在北京东城，有亭台楼阁之胜，内设大厅，荷塘美池，林木葱茏。同年暮秋，园内菊桂飘香，一时之间，群贤再聚，忆昔坡仙当年事，酒酣兴浓之间，王梦白即席酣作《东坡先生像》。图右侧有姚华画跋："壬戌（1922）东坡生日，梦白（王云）画东坡像，白石（齐白石）茫父（姚华）补石，养庵（周肇祥）画酒瓮，谦中（萧谦中）鹤拱北（金城）盆梅，师曾（陈衡恪）后至补屏风，复庵（罗惇暖）见而索去，时在雁峰酒座。"图中另有姚华长跋附自注："丙寅（1926）立冬后三日，敷庵（罗复堪）携此作过莲花庵，时余病风仅起，益怅触前游矣……"

王梦白《东坡先生像》，逸笔草草，妙肖生动，尽显坡仙风流神韵。摧锋"转运自如"之间，涉笔成趣，让人感受到"当其下手风雨快，笔所未到气已吞"的精熟畅快。诚如王雪涛回忆其师王梦白作画有"三快"，即眼快、手快、心快，当即放笔落墨，法无定法，全无一点雕琢之气。纵观此图，诚哉斯言。

蜡梅[1]（七绝）

王直方

纷纷红紫虽无韵[2]，映带园林正要渠[3]。
谁遣[4]一枝香最胜，故应有客问何如。

作者简介

王直方（1069—1109），字立之，号归叟。汴京（今河南开封）人。舍人王棫之子，补承奉郎。与苏轼、黄庭坚、陈师道等人友善，为江西诗派诗人。曾监怀州（今河南沁阳）酒税，又任冀州（今河北衡水）粜官，皆仅数月即辞官。隐居城隅小园，陈师道辞世，王直方割田十顷，以周济其孤。著有《归叟集》一卷、《归叟诗话》六卷。

注释

①〔蜡梅〕也作腊梅。前者谓其形似蜡泪，后者强调其开花时间在腊月。

②〔无韵〕没有韵致。

③〔渠〕它，它们。代指首句“纷纷红紫”，即姹紫嫣红的群花。

④〔谁遗〕何人馈赠。后二句虽仅以“香最胜”咏蜡梅，而对蜡梅的由衷喜爱却溢乎言外。

诗歌赏析

吟咏梅花是古代诗人托物言志或借景抒情的重要主题，但在当时，人们对蜡梅花的接受度还不太高，更不会把它当作梅花。南宋范成大《范村梅谱》中说：“蜡梅本非梅类，以其与梅同时，香又相近，色酷似蜜脾，故名蜡梅。”此外，古人还嫌弃蜡梅不够美，不值得为它郑重写诗。而本文这首《蜡梅》，据说原是为蜡梅“解嘲”的游戏之作。王直方酷爱蜡梅，认为蜡梅花“一枝香最胜”，所以不遗余力地颂赞褒扬，并广邀诗友吟唱，为其张目正名。

首句以“红紫”代表百花，点明了季节更迭、万物萧瑟的景象，将凋零的百花与盛开的蜡梅相对比，突出了蜡梅的不同之处，彰显它在众多花卉中的独特地位。这里或暗藏象征寄托，用“红紫”代表世俗的繁华与喧嚣的不可持久，而蜡梅则象征着高洁与清雅的隽永修长。

次句旗帜鲜明地强调了蜡梅在园林中的重要地位。

其他花卉尽管繁多，但皆已肃杀于寒冬，真正能够映衬园林、增添韵味的，却是那枝独秀的蜡梅。诗人用“映带”一词，形象地描绘了蜡梅对园林整体景观的提升作用——不只是点缀渲染，更是体现生机和美感的关键。蜡梅最早于农历十月就能绽放，可以一直开到次年二月，它既能在冬日给人以明亮温暖的颜色，又能以香气令人陶醉。蜡梅花谢时，梅花正好接上。

诗人当然要将蜡梅的生命和活力，点化为园林意境的守护者，以“要渠”（要他）一词，强调了蜡梅在园林中的不可或缺性。

第三句以问句的形式，表达了诗人对蜡梅香气的赞美和惊叹。不知是谁将这样一株蜡梅留在园中，但无论如何，它的香气都是独擅胜场的。这里诗人通过设问，引发读者对蜡梅的好奇，增强了诗歌的互动性，同时也突出了蜡梅香气的独特和浓郁。

末句则展开想象，描绘了游人观赏蜡梅的情景。诗人想象有客人来到园中，看到这样一株香气扑鼻、韵味独特的蜡梅，一定会忍不住询问它的来历和品名。生动有趣之余，也表达了诗人对蜡梅的赞赏和推荐之意。

诗人兼用虚写和留白，巧设情境，余韵悠长。虚写在于通过想象和虚构的方式，描绘了游人观赏蜡梅的情景；留白则在于没有直接回答游人的问题，而是留下了无限的想象空间，让读者自己去品味和感悟。

这世上总要有些不肯在鲜花着锦、烈火烹油的门庭里绚烂，而偏要在冰霜如剑、万物枯涩的天地间独美的人吧！

王直方作为蜡梅的代言人，推荐蜡梅不遗余力，甚至欢筵馈赠也用它。从坡仙命名、山谷吟咏，到王直方护花情切，蜡梅居然就有了“试问清芳谁第一，蜡梅花冠百花香”（宋代潘良贵《蜡梅三绝》）的地位。

此后，人们远行别离、思乡怀人时会用它。蜡梅暗香幽远、显隐不定的特点，犹如思念之情，或汹涌或压抑。

人们歌颂清标傲骨、高风亮节也用它。蜡梅凌寒开放、飘香如故的特点，犹如品格高洁之士，即使遭遇坎坷，却绝不媚俗。

因有王直方，蜡梅别样香。没有了王直方，即使得享盛誉，这天地间的蜡梅，想来也是寂寥无比的吧。

梅花图　近代　陈师曾

陈师曾（1876—1923），原名衡恪，字师曾，号朽道人、槐堂。江西义宁（今江西修水）人。近代著名画家、美术理论家。出身于晚清的义宁世家，曾携胞弟陈寅恪、陈隆恪东渡日本，攻读博物学。山水画师石涛，脱胎于李瑞清，圆劲刚健、苍茫浑厚；人物画参西法，写实概括；篆刻学吴昌硕，刚健婀娜。陈师曾是 20 世纪以理论形式肯定文人画的第一人，著有《中国绘画史》《文人画之价值》等。

画作赏析

陈师曾于1910年自日本归国后，拜吴昌硕为师，成为其入室弟子。陈师曾的花鸟画、书法等技法都得到了吴昌硕的亲自指点和传授，其后他又将徐渭、陈淳、八大山人、石涛，以及“扬州八怪”诸家的技法融为己用。因具备文人学养的厚度，其作品呈现出粗放率性、古朴灵秀、刚健婀娜的笔墨特征。作为中国文人画最坚定的维护者，他倡导革新，但因英年早逝，其一生主要成就还是在继承方面，即便如此，吴昌硕对他评价仍颇高，盛赞其为“朽者不朽”。

画中上款“洛声先生正”，“正”者，雅正简称，常用于传统书画题款，意谓对方高雅，请其指点勘正。洛声先生本名管凤和，字洛声，江苏武进人，近代学者，附贡出身，曾任海城知县、新民府知府等职。辛亥后，任北洋造币局督办，又主持顺直河工程，创办开源垦殖公司，著作有《北戴河海滨志略》等，是作者好友。另画中有题句：“春半花才发，多应不耐寒。北人初不识，浑作杏花看。”

故知此图描绘的是红色春梅，作者并未画梅全景，而是采用截取式构图，只画二三虬枝便占据画面大半，呈“井”字布局，此图式为吴昌硕大写意所惯用。画中笔墨雄健豪放，主干先以淡墨铺毫刷写，湿墨未干，即运篆书入画，浓墨作复笔，或双钩或中锋直写，浓淡相破，墨色凝重苍厚，笔力雄健粗放，极具古篆籀气。复以草篆笔勾写梅枝，力刚健劲挺；梅枝穿插有序，笔笔有来处，又留花冠、花萼位置，乃至笔断意不断。复以湿笔淡墨圈写花冠、花苞，仰偃向背，敧正各态。然后点写西洋红，鲜艳夺目。进而以浓墨勾写花心，随意点写花蕊。最后以阔笔浓墨点苔，状如落茄，浓重富有节奏，收缀处，则阔笔淡墨随意点缀，既状落花土壤，又增加画面层次。

山中秋夜怀王性之[①]（五古）

善　权

风雨一叶秋，北窗夜初永。
候虫鸣空阶，蝙蝠挂藻井。
龛灯照痴坐，苔壁印孤影。
试观鼻端白[②]，粗了虚幻境。
万事皆浮休，百年政俄顷[③]。
学诗寒山子[④]，造语少机警。
故人王文度[⑤]，襟韵独秀整[⑥]。
间蒙[⑦]吐佳句，惠好灼衰冷[⑧]。
何当翳华芝，飞步越林岭。
携手劚荆薪，欢言馔汤饼。
长啸凌紫烟[⑨]，同升妙峰顶。

作者简介

善权，俗姓高，因体态清瘦，时人称其为“瘦权”。诗才与庐山诗僧祖可齐名，二人并称为“瘦权病可”。在江西诗派中，其与祖可、饶节合称“三诗僧”。其诗既有豪放之气、纵横之姿，又清雅脱俗，尤近山谷之风；而其硬瘦拗涩，亦类山谷。北宋诗僧惠洪评其“以文学之美致，高名于世”。

注释

①〔王性之〕王铚，字性之，自号汝阴老民，世称雪溪先生。徽宗大观（1107—1110）中，王铚曾随父往江州，与诗僧祖可结诗社于庐山下，与徐俯、洪炎、洪刍、惠洪、善权、张元幹等人有交往。

②〔鼻端白〕《楞严经》卷五：“世尊教我及拘絺罗，观鼻端白，我初谛观，经三七日，见鼻中气出入如烟。身心内明，圆洞世界，遍成虚净，犹如琉璃。烟相渐销，鼻息成白。心开漏尽，诸出入息化为光明，照十方界，得阿罗汉。”黄庭坚《谢曹子方惠二物》诗：“炷香上袅袅，映我鼻端白。”

③〔百年政俄顷〕百年，代指人的一生。政，通“正”，只。俄顷，形容时间极短。

④〔寒山子〕唐代诗僧。尝自云：“五言五百篇，七字七十九。三字二十一，都来六百首。”有《寒山子诗集》，凡 311 首。

⑤〔王文度〕东晋名臣王坦之，字文度，太原晋阳人，尚书令王述之子。古人赠答诗，往往以古代名人代称所赠答之师友，此处即以王文度代指王性之。

⑥〔襟韵独秀整〕襟韵，襟怀韵致。秀整，俊秀严整。唐代康骈《剧谈录·龙待诏相笏》：“风仪秀整，礼貌谦揖，如百斛巨器，所贮尚空其半。”

⑦〔间蒙〕间或承蒙。间，间或，偶尔。

⑧〔惠好灼衰冷〕《诗经·邶风·北风》：“北风其凉，雨雪其雱。惠而好我，携手同行。”此句谓承蒙你惠赠我好诗，使我衰冷之心顿感温暖。

⑨〔凌紫烟〕谓登上紫烟缭绕的高峰。妙峰，即妙高峰，古人往往用“妙高”代指释迦牟尼佛宣讲《楞严经》《法华经》的灵鹫峰。元好问《台山杂咏》：“此景只应天上有，岂知身在妙高峰。”

诗歌赏析

王性之是一位学者兼诗人，为宋初著名学者王昭素的后裔，其父王莘是欧阳修的学生。王性之少而博学，善诗论，强记闻。大观中随父居江州，与诗僧祖可结社于庐山下，是善权的方外至交，二人互有酬唱。这首五言古风以过半篇幅描述山中秋夜的凄凉景象和枯坐苦吟的孤寂，也高度评价了王性之的风韵和才华。当此寂寞秋夜，诗人甚念好友王性之，希望他能与自己共度长夜，一同欢聚饮宴、登高长啸。诗写得精练生动，富有热情。

山中秋夜，候虫的鸣声在空气中交织，如同夏蝉的悠扬与秋蟋的低唱。蝙蝠安静地倒挂在藻井上，它们在季节的轮转中展现生命的律动。藻井，作为中国传统建筑的独特装饰，位于屋顶的中心，如同天穹的倒影，其上繁复的花纹和雕刻犹如星河落入人间。

在这样静谧的夜晚，龛中的佛像或神像静静地被供奉，僧人痴坐其中，心无旁骛，眼观鼻、鼻观心，这是一种禅定的修行，也暗喻着深厚的友情，如同郢匠挥斧，技艺娴熟，无痕于风。“了”字在此处意味着透彻的了悟。

人生短暂，百年转瞬即逝，而在寒山子的禅语中，“浮休”象征着人生的空幻与无常。即使稍纵即逝的时光，也因为友情的滋润而充满温暖。我的老朋友王性之，此刻我特别想念你：你的襟怀风度是那么有古贤的韵致；你的丰神那么俊秀，气质那么严整；你那不需穷索便吐出的佳句，令我折服；而你给予我的关怀，即使在这样衰冷的寒夜里，也能使我感受到温暖。我们何时能像仙人一样以华盖为蔽，穿越深林高岭?

生活中的琐碎，如剟荆薪煮成的汤饼，虽简单，却能滋养心灵。此刻，诗人多么希望能与好友王性之一起面对烟霞，夜坐长啸，他们的心灵可以升入青天，然后像庄子一样在九霄之外看人间。诗的尾句象征着超越世俗，追求精神的升华。这种追求，既是诗人的理想，也是对生活的独特诠释。

山水图 明末清初 杨补

杨补（1598—1657），字无补，号古农。祖籍临江（今江西樟树），生于吴，后为长洲（今江苏苏州吴中区）布衣。明末清初著名画家。工诗，时文震孟、姚希孟负天下重望，皆以诗文推许之，呼为小友，于是杨补名重一时。善山水，落笔似黄子久，又有倪瓒、吴镇遗意。好游虞山，撷取其烟峦雨岫以丰富笔墨。尝画小景，大不盈掌，诗跋有遗民之志。甲申（1644）明亡后隐居邓尉山，以“遗民处士”称之。与杨文骢友善，画秀淡洁朗，笔致相近。

此图画跋中的“致和道院”，即虞山（今江苏常熟）致和观，始建于南朝梁，其址位于虞山西南岭下阜城门（西门）山坡上，与昭明太子读书台相邻，道观因张天师后人张道裕得梦而建，内植七株桧柏，横贯错翻，盘曲如虬，各具奇相。道观初名“招真治”，梁简文帝御赐玉案及金钟一尊，并撰《招真治碑记》，改称“乾元宫”。宋宣和七年（1125）御赐“致和观”额，遂名“致和观”。由于观内有“星坛七桧”奇景，元代文人、书画家如赵孟頫、顾细二、张雨、郑元祐、危素、杨维桢、高启、杨基、黄公望、张羽、徐贲等人常聚于观内雅集，吟诗作画，影响甚大。赵孟頫曾画《七星桧图》；黄公望更结草庐于山之南麓，作《虞山图》《虞山致和观》等；倪瓒《过虞山》及吴镇《梅花庵稿》皆有题句。明成化年间，四桧枯死，仅存其三，沈周曾画《双桧图》《三株图》并题咏，文徵明又画《虞山七星桧图》。

杨补好游虞山，致和观的千年名迹及元季文人雅集之胜，莫不使他兴游驻足。此图作于戊子（1648）年十月，从作品面目看来，其迥然别于当时盛行的吴派，而是直溯元人良规。前树笔墨萧散似倪云林，远峰苔点披麻类黄大痴，全图笔墨苍润松秀，气息简逸幽淡，与清初“四王”山水时风更是相异，此或杨补作为诗人的品性、学养使然。

此图布局简括疏朗，坡石、丛树、山峦呈多重“Y”字形交叠铺陈，简中有变，充满层叠交映的韵律感。山石以枯笔勾写，山顶多卵石，类大痴法。略作短披麻皴写山石肌理，用笔轻松、秀润，富有节奏感；复作淡笔干皴，又浓墨复勾山石轮廓，增加笔墨层次。圆笔横点苔草，破笔相缀，远山湿笔一痕，皆意思寥寥。唯前景崖壁涧草，以中锋细笔披写，尖峭如拔钉状。丛树用细笔勾出干枝，或淡墨阔笔点写，或用米氏横点点写，或圆笔浓墨披写，或细笔双钩夹叶，形态各异，简繁得当，萧萧有倪瓒风采。人物细笔白描，形态妙肖，唯襟带处略作渲染，似有文徵明遗风。此是诗眼画心，山中独坐，临流盘桓，怅惘间忽忆明俦，颇合善权“何当翳华芝”与“长啸凌紫烟”的诗意。

蜡梅（七绝）

高　荷

少镕蜡泪装应似[1]，多爇龙涎臭不如[2]。

只恐春风有机事[3]，夜来开破几丸书[4]。

作者简介

高荷（生卒年不详），1100 年前后在世，字子勉，号还还先生。荆州（今湖北荆州）人。元祐间入太学，晚年知涿州。所作诗《全宋诗》录存七首。

注释

①〔少镕蜡泪装应似〕少，稍微。稍稍将蜡泪熔铸成花，其形态应该和蜡梅相似。

②〔多爇龙涎臭不如〕谓即使点燃名贵的龙涎香，它的气味也远远比不上蜡梅香那样浓郁。爇，《说文》："烧也。"龙涎，即龙涎香。臭，气味的总称。

③〔机事〕国家机要之事。古人传达机事，常封在蜡丸中。如《旧唐书·郭子仪传》："上召（郭）子仪女婿工部侍郎赵纵受口诏付子仪，纵裂帛写诏置蜡丸中，遣家童间道达焉。"

④〔几丸书〕谓枝头开放的蜡梅如同拆开封在蜡丸中的黄帛书信。南宋杨万里《蜡梅》诗："天向梅梢别出奇，国香未许世代知。殷勤滴蜡缄封却，偷被霜风折一枝。"其构思即受高荷此诗启发也。

诗歌赏析

这是一首咏物诗。一般说来，咏物诗当然离不开对所咏之物的外形特征的描写，但如果只注意到这一点，那往往就会滞于形相而缺乏神采。而对于一些常见的题材如牡丹、梅花等，则更容易人云亦云、千篇一律，高荷此诗在追求神似方面却饶有新意。

诗的起承二句从色、香两处刻画蜡梅：蜡梅色黄似蜡，熔化些许蜡汁，似可状蜡梅之姿；至于蜡梅香气之浓郁，即使点上许多龙涎名香，也比不上它。此二句准确地描绘出蜡梅的色、香，但是手法实属平常。黄如蜡汁，香胜龙涎，似显呆板而乏神采。全诗若如此平铺直叙，则将是一首平庸之作。

孙过庭在《书谱》中提出“平正”与“险绝”两个概念，书画同源，诗为心画，其理相通，好的诗亦当如此。一路平正而转险绝，直入桃源之境，新境自开，意趣横生。所以诗人并未只停留于平正的铺叙处，他笔锋一转，着意抛却蜡梅的形态与香气，以比兴的手法，巧妙地描绘出它开花的过程，意蕴深长。虽“只恐”二字非诗人首创——苏轼《海棠》有“只恐夜深花睡去”句，但是对此诗，这何尝不是“活法”呢？古人用蜡封书信作丸状以传递机密，易携且防湿，而蜡梅的花蕾恰恰形似蜡丸。经一夜春风，有几朵花蕾已破苞开放，大概是春风有什么机密要从这“蜡丸”中探取，所以把它们吹开了。此二句的想象奇特且新颖，出人意表。

这首诗前两句比较平正，后两句则相当精警，其“警策”使得全诗陡然生辉，从而不觉前两句之呆滞。纵观此诗，其后二句构思之奇巧，确实得黄庭坚诗之所长。

咏物诗一般只描写静态的物体，所以较难写得流动多姿，这首诗却选择了一个动态的过程作为描写的重点：蜡丸似的花蕾在春风中绽开。诗人展现出来的不是一幅静止的图画，而是一组活动的镜头，不但春风被赋予了人的感情，蜡梅也显得生机勃勃。如此，诗人就突破了“形似”的局限，写出了蜡梅的神态。蜡梅在当时是比较罕见的花，许多诗人作诗吟咏，但有新意者少。黄庭坚就有好几首咏蜡梅的诗，但也未能打破“形似”的局限。作者此诗可谓青出于蓝而胜于蓝，成为咏物小诗中不可多得的妙品，清人姚壎评价此诗：“奇特，咏物中之仅见者。”（《宋诗略》卷九）

雪中梅竹图　**南宋　徐禹功**

徐禹功（1141—？），自号辛酉人，江西人，布衣，南宋著名画家。工画梅、竹，以清高自励，师法扬无咎，得其墨梅生动之状、潇洒之趣。从他自署“辛酉人禹功作”来看，他应出生于1141年，但卒年不详。在扬无咎“奉敕村梅”的传人中，徐禹功的成就最为卓著。其名迹罕见，今仅《雪中梅竹图》传世。

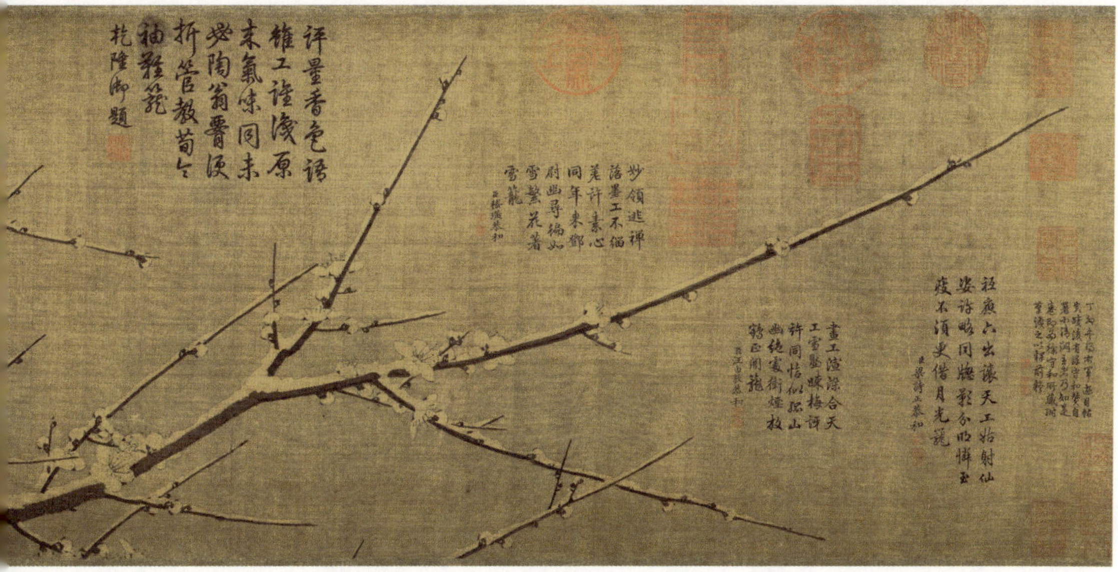

画作赏析

徐禹功在画史上本无考，唯从赵孟坚在《雪中梅竹图》卷后的题跋中，可知其为扬无咎亲传弟子，此图为水墨绢本长卷，也是徐禹功唯一的传世之作，据此可管窥其艺术风貌之一二。此卷《雪中梅竹图》与其师扬无咎的《雪梅图》相比，除了结构不同，画中的物象形态、笔墨技法基本一致，明显地体现着他与扬无咎的师承关系。

唐时人们已经意识到水墨作为中国画本体语言的表现力，王维《山水诀》中有："夫画道之中，水墨最为上。肇自然之性，成造化之功。"张彦远言："故运墨而五色具，谓之得意，意在五色，则物象乖矣。"水墨符合老子"五色令人目盲"的道象观，直至荆浩出，水墨的具体实践才有"水晕墨章"的妙境。到了宋代，苏轼、黄庭坚、米芾则开始标榜"士夫画"，创作主体为文人士大夫，有别于民间画工和宫廷画院的职业画家。提倡"君子可以寓意于物"，补文章翰墨所不逮，寄于毫楮，遣墨寄兴，直抒胸臆。在文人墨戏盛行的背景下，梅竹的意象不断被人格化。梅花凌寒独开，傲雪绝俗，是坚韧不拔的人格象征。竹则经冬不凋，虚心正直，潇洒处世，萧萧有君子风，常被看作不苟同于流俗的人格象征。雪者，洁白无瑕，荡尽污垢，是纯洁和高尚的人格象征。此卷《雪中梅竹图》三者兼具，画家所要表达的笔墨意象与人格象征就不言而喻了。

此图描绘雪梅一枝横空而出、修竹三管、雪压枝头的三清景象。修竹三枝，枝叶纷披，由下向上直冲画外，尽显竹之挺拔。自左向右取势，画野梅一枝横空而出，若干虬枝与点点疏梅皆半覆积雪，绽放的梅花冷香扑鼻，欲开的蓓蕾蕴含着旺盛的生命力。在雪地里，梅树与挺立的修竹呈二君子同傲寒雪、共迎春归的意境。

春晚郊居（七律）

吕本中

柳外楼高绿半遮①，伤心春色在天涯。
低迷帘幕家家雨②，淡荡③园林处处花。
檐影已飞新社燕④，水痕初没去年沙。
地偏长者无车辙⑤，扫地从教⑥草径斜。

作者简介

吕本中（1084—1145），字居仁，世称东莱先生，南宋诗人。其诗传江西诗派衣钵，主“活法”与“悟入”，颇受黄庭坚、陈师道影响，又学李白、苏轼，继承和发展了江西诗派的风格，诗风明畅灵活。著有《东莱先生诗集》《紫微诗话》《江西诗社宗派图》。

注释

①〔绿半遮〕因为楼比柳高，故柳荫只能遮盖楼的一半。

②〔低迷帘幕家家雨〕因为春雨蒙蒙，故每一家的人隔着帘幕看窗外，都是一片迷茫。

③〔淡荡〕和风吹拂貌。陈子昂《与东方左史虬修竹篇》：“春风正淡荡，白露已清泠。”

④〔社燕〕燕子春社时飞来，秋社时飞走，故称“社燕”。晏殊《破阵子·看景》：“燕子来时新社，梨花落后清明。”社，社日，祭祀社神的日子。春社在立春后的第五个戊日，秋社在立秋后的第五个戊日，即分别在春分、秋分前后。

⑤〔地偏长者无车辙〕由于所居之地偏僻，无车马来往。长者，指年高德劭或位高望重者。车辙，车轮辗过的痕迹。此句反用《汉书·陈平传》“家乃负郭穷巷，以席为门，然门外多长者车辙”之典，用意略同于陶渊明《饮酒》：“结庐在人境，而无车马喧。问君何能尔？心远地自偏。”

⑥〔从教〕从而使得，任凭。施肩吾《春日宴徐君池亭》：“池上有门君莫掩，从教野客见青山。”

诗歌赏析

这首《春晚郊居》大约是政和四年（1114）吕本中闲居扬州时所作。诗人通过细腻描绘春日郊居的景致，抒发了自己对时光流逝、世事变迁的感慨，以及对隐逸生活的向往。

首联以“柳外楼高”开篇，描绘了春日郊居的外部景象。柳树作为春天的象征，其柔美的姿态和嫩绿的色泽，为整首诗奠定了清新明快的基调。“楼高”表面上说的是诗人所处的位置，然而，古诗词中一旦出现“高楼”，大半要倚尽栏杆，怅憾不已。比如杜甫《登楼》的“花近高楼伤客心，万方多难此登临”说的是家国板荡，身世流离；苏轼《南乡子·何处倚阑干》的“何处倚阑干，弦管高楼月正圆”则叹年华老去，归期杳然。首句中再加上“绿半遮”，掩面而来，必有不可说之意，难以释怀。

接着，“伤心春色在天涯”一句，诗人已不掩饰，直接表达了对春日将尽的感伤之情和对韶华易逝的无奈。“在天涯”的描绘，则使得这种感伤之情更加深远和广阔。

首联借景抒情，将“柳外”“高楼”“伤春”“天涯”等意象巧妙连缀，描绘出春晚景色的半明半昧之态，抒发了作者对春景的深刻眷恋。

诗人虽然少年时颇为自在和自得，可以称得上潇洒度日，但为官之后，方知仕宦不易，人生多艰。先受佞臣秦桧之迫，再罹弃国丧家之痛，加上经历羁旅行役和世态炎凉，他的内心之郁结，非外人所能解，所以这铺满“天涯”的“伤心”，还真不是无病呻吟。

颔联把视线拉回春日郊居的内部景象。帘幕的低迷与雨声相呼应，进一步表现了一种清冷的情境。而园林中的花，则以“淡荡”的姿态绽放。作者以此联来抒发自己内心的忧郁与对隐逸生活的向往。诗人融情于景，帘外春雨，林中百花，正是春深惹人处。

前两联诗人巧妙地运用了色彩与光影来增强画面的表现力。如“绿半遮”中的绿色，既表现了春天的生机与活力，也寓含了诗人对春日景色的喜爱与留恋。而“低迷帘幕”与“淡荡园林”中的光影变化，则营造了一种清冷而忧郁的氛围，与诗人的情感相呼应。

两联中的每一个字词都经过精心挑选，既符合语境，又富有表现力。如“绿半遮”中的“半”字，既显柳树的茂密，又透露出一种朦胧与含蓄的美感；“低迷”准确地描绘了雨中帘幕低垂和沉闷的质感，也暗示了诗人内心的忧郁；而“淡荡”则准确地传达了花朵的淡雅与飘逸，为整首诗增添了一抹亮色，增强了画面的氛围感。

颈联是两个特写镜头，以燕子和水痕的动态，将思绪引向了更深远的地方。“檐影已飞新社燕”借新燕留影化春光勃兴之景，“水痕初没去年沙”流露出时序代换、故迹难留的怅惘。《文心雕龙》说“情以物迁，辞以情发”，诗人充分运用了象征与对比的手法：燕子的飞来飞去，象征着时光的流逝和季节的更替；而水痕的初没，则暗示了岁月的无情和世事的变迁。这两个意象的运用，使得诗歌的意境更加深远，也引发了诗人对时光易逝、世事无常的感慨。

江西诗派重炼字炼句，一些人难免走入奇峭僻涩的歧途，而吕本中则有意用李、苏的疏畅自然补救其弊。本诗颈联果然个个活字，字字有声，不事议论而令人感慨自生，心响共鸣。

诗歌的尾联以郊居的偏远和宁静为收束，化典自然，用事从容，表达了诗人对隐逸生活的热爱和享受。“地偏”和“无车辙”相呼应，暗示了诗人对尘世喧嚣的厌倦与逃避。老杜说“花径不曾缘客扫”，而吕本中偏偏要扫一扫，表现了诗人对自然和谐、顺应天道的哲学思考，也体现了其对隐逸生活的坚守与追求。

叶嘉莹先生认为，好的诗歌必须同时具备“深刻精微的感受”和“完美适当的叙写”。《春晚郊居》所展现的自然美与宁静生活，与现代社会中人们对自然和谐、心灵归宿的追求不谋而合，这种审美意识超越了时空的限制，使诗歌在如今依然具有强大的感染力。

松轩春霭图　元末明初　张羽

张羽（1333—1385），字来仪，后改字附凤，号静居。浔阳（今江西九江）人。元末明初著名文学家、书画家。从父官江、浙，卜居吴兴，领乡荐，为安定书院山长。入明后征召至京师，官至太常寺丞。洪武十八年（1385），因坐事贬岭南，半途急召回，羽知不免，自沉龙江。一生好著述，工诗擅画，其文辞精洁典雅，诗咏深思冶炼。山水师宗“二米”、方从义、高克恭，笔墨苍秀。与高启、杨基、徐贲并称“吴中四杰”，与高启、徐贲、宋克等人并称“明初十才子”。著有《静居集》等。

画作赏析

张羽以诗闻名，传世画作极为罕见，此图作于至正丙午（1366）三月十四日，是诗人的壮岁力作，也是宋代院画转向元代文人画的典范之作。此图以“米氏云山”法写云岚缥缈、树影迷离的江南雨后春山之景，颇合宋人“一片湖光烟霭中。春来愁杀侬”的词意，充满了文人画崇尚自然、直抒性灵的意趣。全图笔墨于轻松、秀润中见粗放，于平淡中见厚重，墨气氤氲，设色高古，将青、蓝、墨、赭融合于一片春色之中。此图兼具诗性、绘画性与书写性的风致，充分展现了作者的笔墨意趣与笔法渊源，尤为难得。这是作者诗人、画家、书法家多重身份，以及时代审美风潮的共同结果。正如画中左侧吴珪所题：“张子多风致，松轩小笔奇。寻常诗里画，何似画中诗。”

松轩应是画中左下部分的二椽临水之轩，因前后苍松周布而为名焉。同时期画家盛懋有《松轩访道图》，其所绘虽是近景特写，然苍松挺拔与此图相类，故推此二“松轩”为同一处景也。此图表现出春山“纵使晴明无雨色，入云深处亦沾衣”的意态，是画境亦是诗境。全图着笔之景与留白处平分画面，作对角线斜切式布局，远峰兀立，使构图不至板滞，平中有变。近景处坡石蜷曲，水涯相对，二椽松轩隐于林木荫翳间，静谧无人踪，一湾湖水逶迤而过，苍松虬曲各态，高拔参天而相接于中景；中景涯岸犬牙相接，杂树掩映，山腰雾霭缭绕，远处亭台楼宇隐现于一片云光缥缈之中；远景则一主峰突兀，山色浓重浑然，左右青峦叠嶂，云气流光。

山石轮廓以中锋勾写，笔调苍秀且富有弹性。以披麻皴勾写山石肌理，层次丰富，脉络井然；复以赭墨层层渲染，留白衬云；再以米氏卧笔横点，层层积染，用枯笔写松枝，细笔勾出针叶，以花青渲染成面，其余杂树或圆笔披写，或铺毫点簇。松轩则白描而已，亭台楼宇以青墨、淡赭衬染。尤其是对主峰的刻画，渲染丰富而充满生机，苔如茄点，重墨处以石青复点，墨色交错而有别，厚而能透，气息堪与高房山（宋末元初山水画家）相媲美。

苏秀道中，自七月二十五日大雨三日，秋苗以苏，喜雨有作（七律）

曾　几

一夕骄阳转作霖[①]，梦回凉冷润衣襟。
不愁屋漏床床湿，且喜溪流岸岸深。[②]
千里稻花应秀色[③]，五更桐叶最佳音[④]。
无田似我犹欣舞，何况田间望岁[⑤]心！

作者简介

曾几（1084—1166），字吉甫，又字志甫，自号茶山居士，谥文清。赣州人。其弟子陆游替其作《墓志铭》，称他“治经学道之余，发于文章，雅正纯粹，而诗尤工”。

注释

①〔霖〕三日以上的雨。《左传·隐公九年》：“凡雨，自三日以往为霖。”

②〔不愁屋漏床床湿，且喜溪流岸岸深〕点化自杜甫《茅屋为秋风所破歌》“床床（或作床头）屋漏无干处，雨脚如麻未断绝”与《春日江村五首·其一》“农务村村急，春流岸岸深”，贴切自然。

③〔千里稻花应秀色〕径用唐人殷尧藩《喜雨》尾联“千里稻花应秀色，酒樽风月醉亭台”的出句。

④〔五更桐叶最佳音〕古人诗词中，秋夜听雨滴梧桐，每每愁苦失眠。如温庭筠《更漏子·玉炉香》词下片：“梧桐树，三更雨，不道离情正苦。一叶叶，一声声，空阶滴到明。”曾几一反其意而称之为“最知音”，表达了内心喜悦之情。

⑤〔望岁〕盼望丰收。《左传·昭公三十二年》：“闵闵焉如农夫之望岁，惧以待时。”

诗歌赏析

曾几是非常高寿的诗人，从北宋后期一直活到了南宋孝宗时期。他在宋代诗史上具有特殊的地位，不仅因其创作丰厚，更因其对江西诗派的继承与创造性发展为后世所称道。后人将其归入江西诗派可谓实至名归。曾几的贡献在于他学江西诗派既能“入乎其内”又能“出乎其外”，有出蓝之质。他将“活法”和“悟入”引入创作，为诗派摆脱拗涩硬瘦、沉于典故之风迈出了坚实的一步，开一代诗风之先。其诗多属抒情遣兴、唱酬题赠之作，诗风闲雅清淡，而五、七言律诗讲究对仗自然，气韵疏畅。

首联写喜雨，紧扣诗题，从秋夜霖雨骤降写起。诗人在闷热的天气中入睡，而在秋天的凉意中醒来，这才发现雨已经下了多时，白天那烈日的余热早已消散。这两句透过描写天气之实，从温度的变化引出诗人心绪的转变——由对天气不满忽地转为惬意享受。“一夕骄阳”与“梦回凉冷”形成强烈对比，而“一夕”“转”生动表达了诗人心中的意外惊喜，显然他对这场雨盼望已久。“润”字既表明了湿度的变化，又表现出一种秋雨带来的舒适感、清凉感，似乎滋润了诗人的心田。

颔联描写对雨的感受，化前人诗句为己用。出句“不愁屋漏床床湿”，化用杜甫《茅屋为秋风所破歌》的“床头屋漏无干处”句；对句“且喜溪流岸岸深”，则化用杜甫《春日江村五首·其一》的“春流岸岸深”句。一联之内，两用杜句，不但自然贴切，而且“不愁”“且喜”两词从一正一反的角度翻出了新意，把个人损失和民众利益进行了对比，表达了诗人对民情的关心，心情更是轻松喜悦的，这种处理达到了化而能活、流动便利的妙境。

颈联承“且喜”句，进一步抒发喜雨之情。出句是想象这场及时雨能使庄稼喝个饱，秋收有望，“应”字表明这是想象的画面，可见江西诗派诗人的炼字功夫；对句写此时听雨打梧桐叶的感受，“最”字突出了情感横溢。这两句虚实结合，视觉与听觉互映，将欣喜之情表现得更加立体。出句“千里稻花应秀色”用唐人殷尧藩《喜雨》尾联中的原句，恰到好处。对句则更妙，钱锺书《宋诗选注》评价道：“在古代诗歌里，秋夜听雨打梧桐照例是个教人失眠添闷的境界，像唐人刘媛的《长门怨》说：‘雨滴梧桐秋夜长，愁心和雨断昭阳。泪痕不学君恩断，拭却千行更万行。’又如温庭筠《更漏子》词说：‘梧桐树，三更雨，不道离情正苦。一叶叶，一声声，空阶滴到明。’……曾几这里来了个旧调翻新，听见梧桐上的潇潇冷雨，就想象庄稼的欣欣生意，假使他睡不着，那也是‘喜而不寐’。”这里的解读加深了我们对此句诗的理解。

尾联上承前六句作结，在情感上更进一层：遇到了这样的及时雨，像我这般尚未有田地的人都如此高兴，更何况那些渴求雨水、祈盼丰收的农夫呢？整联正如清人纪昀所评“精神饱满，一结尤完足酣畅”，有真情勃发、神完气足之感。这里的“犹”“何况”承先启后，可见诗人是欢欣鼓舞的，因他没有田，所以这种欣喜才是发自内心的，意义更深，他那种与民同喜乐的心意溢于言表。

这首诗从谋篇到句法，都是典型的江西诗派风格。因诗写得情真意切，所以读起来不觉有格律的束缚。此诗生动，得益于流畅轻快的风格与诗人情感自然真切的流露相适合，没有过度表现技巧的痕迹；此诗感人，体现在诗人学杜诗，继承了杜甫重农恤民、关怀民生疾苦的精神，注意在诗中树立儒家知识分子的自我形象，所以这首诗有经典气。

溪岸图　五代宋初　董源

董源(？一约962),字叔达,钟陵(今江西南昌进贤县）人。五代宋初绘画大师，南派山水画开山鼻祖，与李成、范宽并称“北宋三大家”。南唐时曾任北苑副使，人称“董北苑”。善山水画，兼工人物、禽兽。其山水画初师荆浩，笔力沉雄，后以江南真山实景入画，不为奇峭之笔。疏林远树，平远幽深，皴法状如麻皮，后人称之为“披麻皴”。山头苔点细密，水色江天，云雾显晦，峰峦出没，汀渚溪桥，率多真意。

画作赏析

《溪岸图》构图雄伟，笔法严谨，兼具北方派的气度和南方派的温润，是董源从唐人山水过渡到南方水墨山水阶段的作品。此画左下方有“北苑副使臣董源画”款识，描绘的是江南溪岸的景象。上半部为左右相对的两座山峰，两峰之中远山隐现，两山夹壑中一条山溪曲折蜿蜒而下，自远而近，至山前汇成一片涟漪的大溪。前景溪岸崖石嶙峋，坡冈起伏，高树荫翳，高拔参天，连接水面与中景崖台巨石；中间有楼台水榭临水而筑，高士倚栏而坐，举目眺望，神态极其悠闲，其夫人则抱儿与仆女嬉戏于旁，一派平淡而其乐融融的生活情景。亭榭后土地平旷，竹篱茅屋俨然，后院有女仆在劳作，篱门前牧童骑牛，山岭小道上农夫正赶路暮归。远景山峦上丛林茂密，草木葱茏，山溪曲折蜿蜒，山路崎岖，二旅人前后负囊、策杖而归，山路忽转不见。

图中山体与坡石之表现，层次清楚，颇有北方派气势，但并不像北方派那样用突出的骨线表现山石的结构和山体的外轮廓与凹凸感。勾染皴擦层次极为丰富，复以水墨烘染来状写山石的结构和山体的阴阳，通幅没有锋利的线面对比，所以骨体显得滋润，内含秀媚，无奇崛霸悍之陋。这种以渲染表现山体的画法，正如董其昌所说的南派山水自“王维始用渲淡，一变勾斫之法”。烟岚云雾的处理虚实相生，山上及山脚下的水边多有碎石，浑圆而华滋，几无苔点，不似画家晚岁苔点细密之风。丛树笔法丰富，或圈写松树龙鳞，或双钩根干，或中锋单笔勾写，八面出枝，用笔顿挫曲折。树多老干，显得奇崛，或树洞节生，复以细笔攒写针叶，或双钩夹叶，或中锋披写，不一而足，刻画出它们在风中纷披仰偃的丰富姿态。水面则以细笔淡墨作网巾纹，积线成面，复作淡墨渲染。以细劲流畅的中锋勾写人物、屋宇，精密细致，造型严谨，神态妙肖生动。整幅画将笔线的细致刻画蕴含在显晦交替极为丰富的墨晕当中，营造出一派江南风雨如晦之景。

宋代米芾在《画史》中赞曰：“董源平淡天真多，唐无此品，在毕宏上。近世神品，格高无与比也。”

问西湖（七绝）

方　回

谁将西子[1]比西湖，旧日繁华渐欲无。
始信坡仙[2]诗是谶[3]，捧心国色[4]解亡吴[5]。

作者简介

方回（1227—1307），字万里，号虚谷，别号紫阳山人。徽州歙县（今安徽歙县）人。宋末元初诗人、诗论家。他提出了江西诗派著名的“一祖三宗”说。著有《瀛奎律髓》四十九卷。

注释

①〔西子〕即春秋时越国浣纱美女西施。越国战败后，被迫向吴国称臣求和。越王勾践将西施献给吴王夫差，为夫差所宠爱。吴国灭亡后，西施不知去向，或谓被沉海而死，或云与范蠡泛舟五湖隐居而去。苏轼《饮湖上初晴后雨二首·其二》诗云："水光潋滟晴方好，山色空蒙雨亦奇。欲把西湖比西子，淡妆浓抹总相宜。"

②〔坡仙〕指苏轼。

③〔谶〕指将要应验的预言、预兆。

④〔捧心国色〕指西施。《庄子·天运》："故西施病心而颦其里，其里之丑人见而美之，归亦捧心而颦其里。其里之富人见之，坚闭门而不出；贫人见之，挈妻子而去之走。"

⑤〔亡吴〕使吴国灭亡。

诗歌赏析

方回生于宋元之际，考其生平，不知节操为何物，为世所讥。然而在文学上，方回造诣颇深，诗文俱可观，是江西诗派的重要人物。

南宋王朝风雨飘摇，西湖的繁华也渐行渐远。诗作通过描绘西湖的变迁，暗喻了国家的衰落。这种将时代背景与诗歌内容紧密结合的写法，使诗歌具有了深刻的历史意义和社会价值。

"谁将西子比西湖"，首句一问劈头而来，实从苏东坡《饮湖上初晴后雨二首·其二》生发而出，为"夺胎换骨"之家法。从意义上来说，该句既展现了西湖的美丽，又暗含了历史的深邃。西施是春秋时期的美女，传说吴因之亡；而西湖则是南宋的名胜，“山外青山楼外楼”“直把杭州作汴州”，两者跨越时空的联结，使诗歌的意境更加深远。此手法亦是比兴起笔，即通过“事”与“史”的联想，暗藏机锋。

次句紧承首句，通过“旧日繁华”与“渐欲无”的对比，描绘了西湖乃至整个国家历史变迁的沧桑感。昔日的繁华景象如今已逐渐消逝，透露出诗人对过往盛世的怀念和对现实衰败的无奈。提到西湖的“旧日繁华”，当然让人情不自禁地想起柳永的《望海潮·东南形胜》：“东南形胜，三吴都会，钱塘自古繁华。烟柳画桥，风帘翠幕，参差十万人家。”所以令人想到繁华“渐欲无”，不仅是“风流总被雨打风吹去”的无奈，更是家国、文化行将沦亡而无力回天，只能眼睁睁看它凋零的苦痛。

这一切怪谁呢？怪东坡嘛！为何要用西施那个亡国之女来比喻西湖？一语成谶了吧！“始信坡仙诗是谶”，通过“始信”二字，诗人表达了自己在经历世事变迁后，对苏轼诗中蕴含的哲理和历史预感的另类领悟。苏轼的诗，在这里成了历史变迁的预兆和见证，增强了诗歌的历史感和宿命感。

“捧心国色解亡吴”，此句借用了“捧心”的典故，原指西施因心痛而捧心，后用来形容美女的病态美。同时，“解亡吴”则暗示了西施与吴国灭亡的关联，暗示了美丽背后隐藏的危机和灾难。诗人通过这一典故，表达了对历史循环和国家兴衰的认识。

全诗以西湖为背景，通过描绘西湖的变迁，抒发了诗人对故国的怀念和对国家命运的忧虑。《文心雕龙》说“情以物迁，辞以情发”，即情感因外物而触发，言辞则因情感而流淌，正是此语。

尽管方回努力要表达对历史教训的思考和借鉴，但是诗歌的意蕴不仅要体现在字面上，更要蕴含在字里行间和言外之意中。用典写志只有包含恰当的历史典故和深刻的思想情感，才能引发读者的联想和思考，使得诗歌的意蕴更加深远和丰富。即使“以议论为诗”，也要事理相承，文义互见。

在这一点上，方回此诗一则论事流于浅薄，南宋之亡，绝非安于逸乐所能概括；二则炼句失之直白，同是以“西施亡吴”为典据，唐代陆龟蒙《吴宫怀古》的“香径长洲尽棘丛，奢云艳雨只悲风。吴王事事须亡国，未必西施胜六宫”，就明显更为透彻且蕴藉，读者可以比较欣赏，当有所获。

湖光山色图　明末清初　罗牧

罗牧（1622—1708或1711），字饭牛，号云庵、牧行者、竹溪等。江西宁都县人。明末清初著名画家。寓居南昌，擅山水，笔墨气格在黄公望、董其昌之间，所作林壑森秀，笔意空灵，墨气滃然，颇具韵味，时称逸品。江、淮间人师之者众，为一时名流所珍重。曾组建东湖书画会，为江西画派创始人。

画作赏析

此图画于1690年，画家时年六十八岁，此图为其晚年代表作，布局疏阔凝练，用笔削繁为简。图绘春日雨后江南湖光山色之景象，似有一种宋诗中“昨宵雨过平湖阔”的独特美致。但见山色空蒙，湖光潋滟，原隰郁茂，草树滋荣，空气中氤氲着一片滃然的湿气，苍翠欲滴，千般旖旎。春盛而罕无人喧，更显空寂。图中茅亭、板桥、楼宇皆不着一人，是所谓无我之境也，自是以物观物，人唯静中寂照而得之，此真得倪云林山水图式之神髓。故一江两岸，三段景在构图上呈“S”形动态，平中求变，静中有动。以平远之法，由近及远，层层铺陈，气象宏阔，遂见景深。

前景山石涯岸以“Z”状铺开，不使板滞，间有巨崖平台倾出，所谓以险破势是也。上有茅亭，前有老树仰偃，后有修篁掩映，间有杂树参差，所谓景中主次从之序，井井然而有变者也。二高树接于中景，乃见中段景物豁然托出，与诗中承句用法相类。中景坡石涯岸与前景二高树呈对角线状，景变而势连，气合而物分。石如卧牛，涯岸则犬牙相临，一溪桥相接于两岸。上有二松高迎，群杉氤氲，相映成趣，间有楼台半藏，与远涯临水相望。远景则丘陵起伏，涯际一痕，山抹微云，天、云、水，上下一白。

山石轮廓中侧锋并用，转腕换锋处呈圭角，类宋画角形线状；略作破笔皴擦，淡墨渲染稍分山石阴阳体块。湿笔勾树，或双钩夹叶，或湿笔单钩，或破墨湿笔点叶，以浓破淡，水墨渗化丰富，滃然华滋。茅亭楼台勾写圆匀，溪桥逸笔草草，远山淡墨铺写而已。墨法清润滃然，与查士标相似，而笔法无查氏之纵横率性，更多平和温敦之气。

十一月十四夜发南昌月江舟行四首·其二（五绝）

陈三立

雾气如微虫，波势如卧牛。

明月如茧素①，裹我江上舟。

作者简介

陈三立（1853—1937），号散原，字伯严，出生于义宁（今江西修水），清末大诗人。父陈宝箴，子陈师曾、陈寅恪。陈三立是近代同光体诗派的重要代表人物，与谭延闿、谭嗣同并称“湖湘三公子”，与谭嗣同、徐仁铸、陶菊存并称“维新四公子”，有“中国最后一位传统诗人”之誉。

注释

①〔茧素〕蚕丝。

诗歌赏析

钱锺书先生小说《围城》中借董斜川之口论诗："我常说唐以后的大诗人，可以用地理名词来包括，叫'陵谷山原'。三陵：杜少陵（杜甫）、王广陵（王令）——知道这个人么？——梅宛陵（梅尧臣）；二谷：李昌谷（李贺）、黄山谷（黄庭坚）；四山：李义山（李商隐）、王半山（王安石）、陈后山（陈师道）、元遗山（元好问）；可是只有一原，陈散原（陈三立）。"又说："当然是陈散原第一。这五六百年来，算他最高。"

与陈散原同时代的同光体理论家陈衍说："五十年来，惟吾友陈散原称雄海内。"近代诗学家汪辟疆撰写的《光宣诗坛点将录》，按照《水浒传》梁山好汉一百零八将的顺序，将晚清光宣以来的一百九十二位著名诗人排了位次，将陈散原先生点为"天魁星及时雨宋江"，位列第一。

英国历史学家汤因比曾指出："文明乃是整体，它们的局部彼此相依为命……在这个整体里，经济的、政治的和文化的因素都保持着一种非常美好的平衡关系。"修水汤汤，流淌千年，陈散原与黄庭坚恰恰是相隔约800年的同乡，他们跨越历史的时空，遥相呼应，文脉传承。陈三立不仅在诗学上继承黄庭坚（同光体诗派即江西诗派在近代的传承），甚至在儒家道德人格的实践及其家族在江西文化史乃至整个中国文化史上产生的影响上，也与黄庭坚相似。吴宓曾赞义宁陈氏一门为“中国近世之模范人家”，赞其门“秉清纯之门风，学问识解，惟取其上，而无锦衣纨绔之习，所谓‘文化之贵族’，非富贵人之骄奢荒淫”。

陈三立名出《左传》：“太上有立德，其次有立功，其次有立言。”先儒谓之“三不朽”。“得志则改革致太平，不得志则抑郁发愤而一寄于诗……彻终彻始，纯洁之质”，陈三立一生践行“三立”，可谓实至名归。他的诗品、人品堪称高洁，尤其对人伦纲纪的笃实坚守，行之于立身处世，时人誉其为“古之性情肝胆中人”。1937年卢沟桥事变爆发，先生闻京津失陷，绝食五日，忧愤而死。

散原先生少负才名，光绪十五年（1889）进士，官吏部主事，早年襄其父陈宝箴在湖南推行维新变法，提倡新学，整顿吏治，经戊戌、庚子之祸，因“招引奸邪”之罪被革职不用。后随父返江西，葬母于西山，因西山又名散原山，自号散原，筑屋三楹，为“崝庐”。父死国变，君父家国无可复问者，自叹“凭栏一片风云气，来作神州袖手人”。从此湛冥忧愤，刳肝沥胆，以成诗文之奇。

自明清以来，江西诗派后继日衰，诗人囿于一隅，吟咏书斋生活，卖弄文采典故，导致诗味缺乏。散原先生主张诗人须有苍茫之气，并以兼济天下为己任，这显然是他的身世遭遇、家族与近代史共浮沉的结果。他继承了黄庭坚诗风中的“生涩拗峭”与“深淳硬瘦”，却在炼字炼句上推陈出新，力避俗熟，形成既奥衍蕴藉又天机自然的独特风格，所以梁启超评价道：“其诗不用新异之语，而境界自与时流异。浓深俊微，吾谓于唐宋人集中，罕见伦比。”

这首《十一月十四夜发南昌月江舟行》即有此特征，堪称绝唱。全诗几无生僻字，却巧譬奇喻，妙语连珠，极具独特的审美感受与高超的表达技巧，且充满强烈的视觉效果。此诗作于光绪二十九年（1903）夏历十一月十四日夜，时年作者五十岁，从江西南昌赣江畔乘舟赴南京，描写舟行于月夜寒江时所见的景色。全诗前三句以散文排比句式，重复使用“如”字来比喻作者自“江上舟”视角所见的物象，似熟又险，却新颖而不落窠臼，诚属罕见。所以近代诗论家狄葆贤评此诗说：“奇语突兀，二十字抵人千百。”此誉毫不过分。

诗第一句“露气如微虫”，描绘冬夜江上的露气好像微小的虫子。把无生命的“露气”比喻为活动的“微虫”，可谓独出机杼，奇特别致，既写出“露气”的浮动感，又写出其沾在肌肤上令人有一种如微虫爬动般的丝痒触觉，作者的觉知敏锐而细腻。这是写江上空间景象。第二句“波势如卧牛”仍是比喻，写江中波涛好像一头头伏卧的水牛，生动地表现出“波势”之大和起伏之状。“微虫”与“卧牛”一小一大，相映成趣。“明月如茧素”是又一奇喻，这句实际是写月光好像茧丝绢，显示出月光皎洁又带点儿朦胧的美。诗人所乘的“江上舟”此刻正沐浴在月光之中，但他独具匠心，以“裹我江上舟”言之，其中“裹”字用得极妙，它从“茧素”这一喻象中生发而出，形成了意象叠加。船被“茧素”包裹了起来，那么“江上舟”亦显得朦胧皎洁了。诗人简直是在如梦如幻的境界中航行，享受着赣江月夜航行的奇特的美。

月下芦舟图　宋末元初　颜辉

颜辉，生卒年不详，字秋月。庐陵（今江西吉安）人。宋末元初画家。擅人物、佛道，亦工鬼怪，兼能画猿。其所作人物造型奇特，性格突出，生动形象，当时人称“八面生意”。其用笔虽见刻露，却笔法怪异，有生动传神之趣。亦善山水，笔墨雄奇，意境深邃，画风在李成、郭熙之间。喜作水墨粗笔，用笔劲健豪放，笔法粗犷，勾勒粗细相宜，有梁楷遗法。

画作赏析

据传，颜辉早年曾师从善画壁画的乡人涂生。元大德（1297—1307）年间，颜辉曾在泰和普阁寺、吉安永和辅顺庙等处画过壁画。他主要活动于13世纪末至14世纪初，以江西、浙江、江苏一带为主要活动范围。由于元代文人山水画的兴起，人物画逐渐式微，颜辉的画名在中国画史上几近被埋没。南宋淳祐元年（1241），无准师范的弟子临济宗日僧圆尔辨圆归国，并将所携近千卷中国书籍藏于日本京都普门院，这些书籍包括佛教经论、禅籍、医书、儒家经典，以及艺术作品等。颜辉的墨迹与梁楷、牧溪的名作逐渐流传到日本且受评价极高，后因幕府将军足利义满的收藏与推广，被奉为圭臬，对日本室町时代的绘画产生了深远的影响。

画面上的芦苇、篷舟、坡石突然中断，从笔墨逻辑上看，颜辉的这幅《月下芦舟图》本是手卷的形制，由于此段小景极具禅宗审美的意味，故裁作小品茶挂，颇符合日本茶道主张“禅茶一味”的深邃意境，俨如茶室中的精神灯塔。此图布局简阔疏朗，属近景特写图式，描绘的是月下篷舟泊岸的情景。但见坡石如卧，一篷舟泊岸，船身半藏于坡石芦苇之间，舟子手托腮帮，似倦若思地蜷身蹲坐在船头，间或有冷颤之状。一杆长篙直插入水，荡起阵阵涟漪。时冷月凝霜，夜风凛凛，蒹葭苍苍，水波因风泛起波澜，月光照水，波光粼粼。此中虚空观照，幽玄侘寂，无一处不着禅。

坡石、舟楫的笔墨劲利阔略，有马远、夏圭（南宋山水画家）之良规。坡石轮廓以侧笔浓墨勾斫，略作斧劈皴，即以淡墨刷染出阴阳向背，复以破笔枯墨点苔，不事妆缀，唯草草而已。用中锋圆笔勾写舟篷轮廓，复以湿笔勾写篷身，船帷数笔勾写而成，寥寥简约。船身写法与坡石同，皆以浓墨侧笔勾写轮廓后作淡墨渲染，墨色森然而骨力嶙峋。人物则以铁线描勾写，简括精准，用笔劲利，头发处以枯笔披写，略作淡墨渲染，衣裤以汁绿、白粉略作分染，所谓随类赋彩是也。芦苇以草书细笔勾写，笔势迅疾，松秀劲挺，或类泥里拔钉状，或钉头鼠尾状。水纹或以铁线描圈写，或用细笔白描。因绢本底色偏暗，月光以白粉侧笔圈写而已。长篙以中锋运浓墨写出，用笔爽利，相接于舟楫、人物、冷月之间，使画面组成相互映衬的整体。

晓抵九江作（七律）

陈三立

藏舟[1]夜半负之去，摇兀[2]江湖便可怜。
合眼风涛移枕上，抚膺家国逼灯前。[3]
鼾声[4]邻榻添雷吼，曙色孤篷漏日妍[5]。
咫尺琵琶亭[6]畔客，起看啼雁万峰巅。

注释

①〔藏舟〕《庄子·大宗师》：“夫藏舟于壑，藏山于泽，谓之固矣；然而夜半有力者负之而走，昧者不知也。”前人用此典，以状事物易变动，而无法固守。此诗则隐含象征意义，谓中国如藏在深壑中的一艘船，在列强践踏侵凌之下，面临覆灭危险，而国人竟毫不觉察，其难言之隐溢乎字里行间。

②〔摇兀〕摇荡，动荡不安。苏轼《好事近·湖上》：“独棹小舟归去，任烟波摇兀。”

③〔合眼风涛移枕上，抚膺家国逼灯前〕意为我在船舱里闭上眼睛，枕边就会传来巨大的风浪声；我只要拍打自己的胸口，所有家国大事仿佛一起涌至灯前。抚膺，抚胸，表示悲愤。李白《蜀道难》：“以手抚膺坐长叹。”

④〔鼾声〕酣睡时粗重的鼻息声。此句典出岳珂《桯史》：宋太祖赵匡胤伐南唐，李煜派徐铉为使请求缓兵，宋太祖曰：“江南亦何罪？但天下一家，卧榻之侧，岂容他人鼾睡耶？”此句既实写夜里旁边床上有人鼾声如雷，又暗喻外国列强侵吞中国。

⑤〔曙色孤篷漏日妍〕曙色，即曙光。此句谓明妍的曙光透进孤篷的缝隙，展示出诗人对国家前途犹怀一丝希望。孤篷，代指小船，与首句“藏舟”呼应。

⑥〔琵琶亭〕在九江附近的浔阳江边，即白居易《琵琶行》所描述的送客处。琵琶亭畔客，散原自指，蕴含《琵琶行》中的“天涯沦落”之感。

诗歌赏析

陈三立是近代同光体诗人中的领袖人物，杜甫在其诗中占据着无可争议的“初祖”地位，对于诗派有着重要的影响。他不仅对杜甫的诗歌技巧与艺术风格进行学习借鉴，还继承了杜甫的现实主义精神，以诗文真实地记录社会现实，具有强烈的民族意识和爱国热情。他的诗歌愤痛郁勃之情跃然纸上，不但为披肝沥胆之言，亦诗史也。

光绪二十七年（1901）一月，诗人对庚子年间的动荡局势进行深刻的反思，愤作《书感》，以诗写事。他认为，即使在动荡时期，也需要如郭隗那样的贤人来引领国家走出困境。是年秋，诗人于南归途中，惊闻朝廷已同十一国列强签订了丧权辱国的《辛丑条约》，心中悲愤不已，于是赋诗抒怀。

这首诗从字面上看，是描绘诗人夜间乘船的经历与清晨抵达九江时的心情。半夜时分，人们悄悄地乘船离岸，好似担心小船随时被人负走。客船在江面上不停起浮，剧烈摇晃，令人极其难受。困顿中闭眼欲眠，枕边却传来巨大的风浪声；拍拍胸口，喟然长叹，仿佛所有的家国大事都一起涌至孤灯前。忍受了一宿邻榻乘客那熟睡时的如雷鼾声，终于到了破晓时分。阳光透过孤篷的缝隙，推窗望去，家乡的琵琶亭近在眼前，远处的啼雁飞向群峰……全诗巧用典故，语意双关，虚实结合，情景相融，使得此诗浑厚深沉，具有耐人寻味的独特艺术魅力。

诗的首联字面虽写夜晚行舟，实则语意双关，别出心裁，以象征手法巧妙地将日常生活中的船与国家命运之“船”融为一体，互相沟通。首句“藏舟夜半负之去”写深夜船只悄然离开，暗含离别或冒险的意味。“藏”与“负”字用得非常巧妙，设想新奇，譬喻贴切生动，写出了国家这只大“船”在列强践踏侵凌下面临“负”去的覆灭危险，以及国人竟毫不知晓的麻木状况，其难言之隐痛充盈于字里行间。“摇兀江湖便可怜”则写出诗人面对国家即将倾覆的大背景下，个人命运也随之沉浮飘荡的孤独与无奈。

颔联明白如白话，直抒胸臆。其中“移”与“逼”用得极妙，在主动的能动与无可如何的被动之间，体现了诗人对时局、对国家前途命运的无比关切。自戊戌变法失败后，诗人虽遭挫折打击，锐气顿减，英风消磨，曾写过“凭栏一片风云气，来作神州袖手人”的诗句，在编定诗集时还芟除了辛丑以前的所有作品；可是，诗人毕竟是新法的热烈拥护者和积极参与者，心灰而未死，其忧时爱国的精神仍然不时形诸笔端。

颈联以比拟象征手法，渲染诗人的周遭环境，寓情于景，却语义双关，一方面实写舟人之如雷鼾声，另一方面则隐指帝国列强对中华之蚕食鲸吞。与此同时，又以明妍的曙光透进孤篷隙缝，表现了诗人对国家前途的一线希望。

尾联回扣诗题，以景结情，收尾虽去路缥缈，却束题完密，余韵不尽。诗人以琵琶亭为背景，以千年前那个失意的“琵琶客”自喻，起身遥望远方，只听得大雁哀鸣，声断于群山远峰之巅，喻指自己身处异乡，如同那啼雁般孤独，又暗示了对未来的迷茫与对故乡的遥想。

整体来看，这首诗通过描绘乘舟夜行时的所见所闻，表现了诗人对民族危亡的忧虑和对国是日非的怅恨关切。写来形象生动，意境开阔，情感浓烈，寄托遥深。

琵琶岭上图　元末明初　方从义

此图为方从义晚岁粗笔大写意山水，原无名款，因有沈周诗跋“琵琶岭上丹经熟，海岳庵头墨法真。草树依然黄鹤远，江南思杀未归人”，名为《琵琶岭上图》。可知图中描绘的是浔阳江景，但见草树斜阳里，三两渔舟泊岸，巨崖外有一叶不系之扁舟。巨峰突兀，琵琶亭则隐没在高岭草树之间。江水平阔，风卷帆悬，一舟正欲驶出，稍远处有长堤一痕。远山苍翠，隐隐迢迢。此中画境颇合李白《送孟浩然之广陵》中“孤帆远影碧空尽，唯见长江天际流”的诗意。沈周画跋中，“丹经”原指道家炼丹术的专书，此处点明方从义的道士身份，画家作为龙虎山上清宫的道长，丹经不可谓不熟。“海岳庵”本指宋代书画家米芾（号海岳外史）在襄阳的卜居之所，此句用以点明画中的笔墨意趣师法米芾创立的“米氏云山”。第三句一语双关，既说此中斜阳草树，离黄鹤楼甚远，又说此画中草树的笔墨粗放率意，与黄鹤山樵王蒙（元代山水画家）的细密繁密远甚。第四句是诗意收束处，也是画心旨趣所在，正如孟浩然“日暮征帆何处泊，天涯一望断人肠”句，道尽游子思乡、天涯未归人的永恒惆怅。

湿笔写意始于唐代张璪，成于五代荆浩，方见“水晕墨章”之妙境。泼墨山水始于唐代王洽，今不存其迹。粗笔山水则成于南宋牧溪，寥寥数笔即得缥缈空蒙之气韵。此图笔墨既见湿笔、泼墨，更得米氏云山与牧溪粗笔写意之妙。而沈周山水画亦有细笔、粗笔之分，其于牧溪、方从义粗笔写意更是痴嗜不已，常有拟作。

此图布局简阔，采取“一江两岸”三段景的构图。山石以阔笔湿墨草草刷写而成，笔触粗犷有力，墨色浓淡相宜，厚重沉雄又不失灵动清润，跌宕处尤见骨力嶙峋。远山淡墨湿笔一抹而已，上实下虚，留白衬云；复以破笔点苔，即点即收，意似而已。前景杂树以破笔散锋皴写，笔墨雄放潇洒，仿佛能听到空山狂风摧绝之声势。远树则以浓墨粗笔草草勾写，屋舍亭台，亦粗笔勾出，笔墨苍拙厚朴，意思简当。舟楫则以细笔勾出，唯船帆处略作渲染，以状风动之势，又增加了体量感与笔墨层次。

秋晴（七律）

胡朝梁

直道[1]秋晴不减春，薄绵暖称病余身[2]。
痴蝇屋底频攒纸[3]，倦蝶花间乱趁人[4]。
不用狂歌惊世俗[5]，犹堪短发傍风尘[6]。
苦思佳日难酬对，露坐看云过北邻。[7]

作者简介

胡朝梁（？—1921），字子方，号诗庐，江西铅山人。早年求学于江南水师学堂，再入震旦学院习外文，后依江宁提学使李瑞清，任两江师范学堂、上江公学教习，兼提学使署阅卷官。民国元年（1912），任教育部秘书，兼编译处译员。师从陈三立，专注于研究宋诗，深受梅尧臣、黄庭坚、陈师道诗风影响。著有《诗庐诗存》。

注释

①〔直道〕直说。李商隐《无题·重帏深下莫愁堂》："直道相思了无益，未妨惆怅是清狂。"

②〔薄绵暖称病余身〕薄绵，薄棉衣。此句谓秋日虽晴，但生病很久，有点怕凉，穿上薄薄的棉衣，正好合适。称，符合，相当。

③〔痴蝇屋底频攒纸〕《五灯会元》卷四《古灵神赞禅师》：本师又一日在窗下看经，蜂子投窗纸求出。师睹之曰："世界如许广阔不肯出，钻他故纸驴年去！"遂有偈曰："空门不肯出，投窗也大痴。百年钻故纸，何日出头时？"苏轼《赠虔州慈云寺鉴老》："窗间但见蝇钻纸，门外唯闻佛放光。"攒，簇拥，围聚。

④〔倦蝶花间乱趁人〕明代高濂《蝶恋花·蝴蝶花》："蝶倦枝头飞不去。醉色迷香，抵为春留住。"趁人，利用别人没有防备的时候。明代李梦阳《田生闻余浩然访于东郭花下酒集二首·其一》："转觉花饶笑，番惊蝶趁人。"

⑤〔不用狂歌惊世俗〕反用杜甫《赠李白》中的"痛饮狂歌空度日，飞扬跋扈为谁雄"之句，实则以此自许。

⑥〔犹堪短发傍风尘〕短发，稀疏的白发。杜甫《春望》："白头搔更短，浑欲不胜簪。"此句暗用陈师道《春怀示邻里》中的"剩欲出门追语笑，却嫌归鬓逐尘沙"之意。

⑦〔苦思佳日难酬对，露坐看云过北邻〕亦从陈师道《春怀示邻里》中的"屡失南邻春事约"点化而来，且暗用陶渊明《移居》中的"邻曲时时来，抗言谈在昔。奇文共欣赏，疑义相与析""春秋多佳日，登高赋新诗"之意。露坐，露天而坐。王安石《露坐》："露坐看沟月，飘然风度荷。"

胡朝梁一生除了作诗，别无他嗜，他的居所名为“诗庐”。其于诗颇自负，谓“君于五七言，气体均不俗。问其不俗故，服膺在山谷”（《胡诗庐诗题后》）。其实，其诗不仅学黄庭坚，也得益于梅尧臣与陈师道。因此，他的诗风瘦硬隽深，多用拗体，字句声调兀傲，尤擅长七律、五古，钱仲联谓其“学山谷七律，兀傲多拗调。五古学后山者，刻挚不易及也”（《近百年诗坛点将录》）。他是陈三立的得意弟子，但学识不及陈三立，故不免板滞生涩。汪辟疆批评他说：“惜书卷不多，未能尽其变化耳。”（《近代诗派与地域》）胡朝梁是同光体中江西派后进，其诗集经严复、梁鼎芬、陈三立等评定，多有褒扬。

“秋晴”意为晴朗的秋天。历代吟“秋晴”者众，但无论从体律结构，还是从格趣意境上看，胡朝梁的这首《秋晴》，似为仿陆游《秋晴》的规摹之作，唯不同处是：陆诗多清婉简练，平易流畅；胡诗则硬瘦深沉，拗涩古僻。然全诗通过描绘秋晴微物的生机，表现出诗人豁达的心境与从容的人生态度，特有一种生命情感的共通与升华，令人动容。

首联起句中的“减”字，自陆游《秋晴》“秋晴未必减春晴”句中化得，“直道”者谁？直是放翁也！对句中的“病余身”似有自惋及萧索之意象，化自杜甫《赠别郑炼赴襄阳》中“戎马交驰际，柴门老病身”句。这是说：曾经有人道秋天的晴朗和煦一点都不逊色于春天，老病之身，只需披着薄薄的棉衣也能感受到暖意。

颔联对仗工稳，其中“频”和“乱”，写昆虫之态惹人喜爱；“攒”和“趁”用得极妙，生动细微地表现出蝇蝶的动态。“痴蝇”指秋蝇，陆游《十月苦蝇二首·其二》：“十月江南未拥炉，痴蝇扰扰莫嫌渠。”“倦蝶”意指慵飞的蝴蝶，吴文英《扫花游·送春古江村》中有“倦蝶慵飞，故扑簪花破帽”句。颔联的意思是：秋蝇在屋面的边缘频频攒动着窗纸，花间那慵飞的倦蝶却也胡乱地追逐人踪。

颈联的意象忽然一转，由景转情。其中“短发”一词自杜甫《春望》中“白头搔更短”句化出，意指头发稀疏，更加强了“病余身”的身体衰况。“风尘”一指纷扰的尘世，一指因战乱而漂泊（杜甫《赠别贺兰铦》），根据诗境而言，二者兼喻。对此和煦之秋晴，此刻不需要用纵情的歌咏来惊世骇俗，挠着稀疏的发丝，不由感喟这老病身还勉强地活在这纷扰的世间，历尽漂泊。

尾联中“北邻”一词耐人寻味，字面上是北面的邻居，杜甫《北邻》却有隐居者之意。“露坐”是露天而坐，陆游《露坐》中有闲适豁达之意。整句平白如白话：对此秋晴佳日，苦思穷索也没有吟得佳句，索性露天而坐，闲适地坐看云起，这才是古贤所向往的隐者生活呀！

菊花蛱蝶图　近代　范金镛

范金镛（1851—1914），又名明榕，字福廷，号藕舫，一作沤舫，晚号沤道人。江西新建乐化（今江西南昌新建区乐化镇）人。近代著名画家。工花鸟，色彩浓湛，生气勃发。所作《百蝶图》，淡雅精细，野趣盎然，人誉“范蝴蝶”。兼善仕女，清灵古朴，刻画传神。书法取百家之长，奔放遒劲。

画作赏析

范金镛于光绪六年（1880）中进士，历任礼部主事、云南知县。性情豪爽，嗜酒，好交友。又淡泊明志，不愿逢迎权贵，遂辞职回乡，在家侍奉老母。其间常游山玩水，搜集花草蝴蝶标本，无论寒暑，描摹不休。后在南昌东湖旁建“心香楼”，常寄兴于山水花鸟，吟诗作画；每遇古帖，辄早晚临摹不止。善诗，擅长写景咏物，尤以题画诗风行于世。著有《心香室诗钞》五卷，《蝶梦词》一卷。

此图右下角钤有“藕舫写生”印，并无诗跋年款。画面描绘的是秋晴时节，庭中菊花绽放正酣，幽香阵阵，蝴蝶翩翩起舞的情景。图中菊花为管瓣类，品种为“盘龙舞凤”。外部花瓣为金黄色，内为绛红色，花瓣向四周飞舞伸展，半向上卷曲，外叶如凤凰展翅，中叶如盘龙胡须，花瓣向内抱卷，中外花瓣红黄相映，光彩夺目，花形优美动人，犹如节日焰火闪烁。而图中的蝴蝶为帝王蝶，也称帝王斑蝶，属蛱蝶科斑蝶属，背腹较短，触角细长，翅膀主体为褐色，正面有明显的橙色和黑色斑纹，边缘为黑色。亚端部横列四个白斑，顶角和外缘有两排连续的小白斑。

菊花茎干以中锋细笔作双钩法写出，用笔圆匀劲挺。叶片则先以淡墨细笔勾出，仰偃各态，叶片之间留出白线。正叶以墨绿渲染，水粉未干时，在叶片边缘点染汁绿与淡赭，因绢本不吸水的特性，产生大量的撞水撞色效果，水色洇渗，相破相融，无一丝刻露气，翻叶同此法，色偏淡而已。复以细笔勾茎，不使有肉无骨焉。菊的花瓣以细笔双钩，或盘曲积攒，或卷抱舒展，穿插繁密，花心处略作渲染，卷瓣内以胭脂分染。

蛱蝶用细笔勾出结构与轮廓，以红褐色渲染身躯，复以枯墨干笔点写头部与身躯纹饰。先以淡黄色渲染翅膀，墨笔皴染边缘，复以橙色点染其上，略施淡绿衬染内边缘，色与色之间，互为映衬而有别。最后以白粉点写白斑，细笔勾出触角。花蝶之间，又添写两枝花刺，劲利如泥里拔钉状，既托起蛱蝶，又穿插于菊花之间；既增加画面情趣与层次，又增加了笔墨节奏感。

题九秋图（七绝）

李瑞清

荆棘参天大地芜，千红万紫总模糊。[①]

人间久已无春色，闲写秋心入画图。[②]

作者简介

李瑞清（1867—1920），字仲麟，号梅庵、梅痴、阿梅。江西临川温圳（今属江西南昌进贤县）人。清末民初诗人、教育家、画家、书法家。清光绪二十一年（1895）进士，后任翰林院庶吉士、江宁提学使、两江优级师范学堂监督、江苏布政使。民国二年（1913）辞去职务，着道士装，自称清道人，移家上海，以鬻字画为生。著有《清道人遗集》四卷。

注释

①〔荆棘参天大地芜，千红万紫总模糊〕以衰残萧瑟之景，烘托清亡后怅惘之情。“千红万紫”点化自道光年间张维屏《新雷》中的“千红万紫安排著，只待新雷第一声”，反其意而用之。芜，土地因不耕种而荒秽。

②〔人间久已无春色，闲写秋心入画图〕以人间无春象征清朝覆灭，李瑞清以清朝遗老自居，其情可悯。秋心，指愁。吴文英《唐多令·惜别》：“何处合成愁，离人心上秋。”

诗歌赏析

李瑞清是清末民初的著名学者。他精通书法，工于绘画，擅长诗文。学者汪辟疆《光宣诗坛点将录》将他列为“天闲星入云龙公孙胜”，赞他：“玉梅庵、紫虚观，有时绝唱入云汉。”指出李瑞清诗“五古最高，七言绝句有东川（李颀）、龙际（王昌龄）格意，惜为书名所掩，人亦不能尽知也”。钱仲联先生在《近百年诗坛点将录》中将他列为“地暴星丧门神鲍旭”，评他“诗学魏晋六朝，名作《弃妇篇》，为安维峻作也”。

李瑞清的诗以辛亥革命为界，分为前后两个时期。前期多纪游传，间接抒发其忧国忧民的思想；后期多借题诗画倾诉自己悲哀的心情。他生活的时代，是中国最后一个封建王朝没落覆亡的时代。在他的诗中，我们能明显感受到一位深受封建伦理熏陶的士大夫面对风云变幻、飘摇不定的政局所流露出的一种无奈与忧伤。

李瑞清既是书画家又是诗人，故题画诗尤多，其诗大都古直苍凉，意境悠远，此《题九秋图》即属此类。“九秋”意指秋天，多有萧索荒寒之意。其语出晋张协《七命》：“晞三春之溢露，溯九秋之鸣飙。”南朝谢灵运亦有此说，其《善哉行》有：“三春燠敷，九秋萧索。”

诗的起句“荆棘”一词，本指山野丛生多刺的灌木，在文学用语中隐喻奸佞小人、纷乱、艰险境地等。此处可解为时局的艰险或困难重重。“参天”意为高耸于天空，喻势大。时局艰险，困难重重，国家蒙辱、人民蒙难、文明蒙尘，加之军阀混战，民族遭受了前所未有的劫难，诗人目力所及处，皆了无生机，一片荒芜。

诗的承句，“千红万紫”本指百花竞艳的春意融融状态，辛弃疾《水龙吟·载学士院有之》词有：“人间得意，千红百紫，转头春尽。”此处更有深意，喻指事物的丰富多彩。全句看似写百花竞艳的状态难以辨认、模糊不清，然根据首句所描绘时局艰险的背景，此句可理解为：连年的战乱使人民生活在水深火热中，个体生命的多样性也不复存在，整个社会只剩下救亡图存了。

诗的垫句表面上是写“人间无春色”，描绘一片死寂的氛围，手法如白描，明白如白话，然而句中的“久已”似乎藏着诗人对某种事物久盼后的失落感，隐喻诗人因看不到新兴的社会力量或革命势力而沮丧。

诗的结句“秋心”颇具意味！宋张耒《夏日十二首·其十一》言：“庭除延夜色，砧杵发秋心。”何谓秋心？愁也，悲秋之心绪。诗人只得将所有悲秋的愁绪诉诸笔端，以图画的方式进行排遣，聊以自慰。

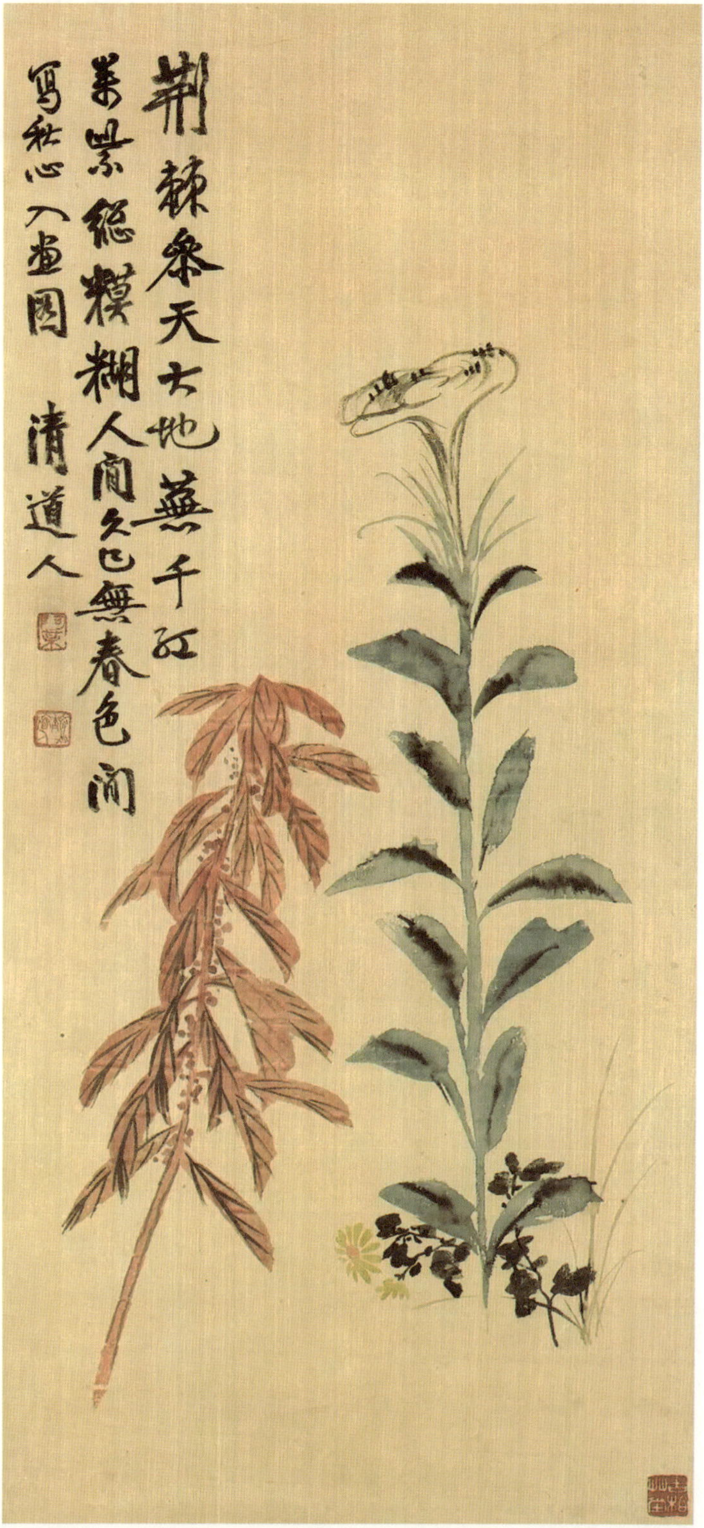

九秋图　近代　李瑞清

画作赏析

李瑞清是清末民初的著名画家，擅山水、花鸟及人物等，涉猎广泛。其山水师法石涛、八大山人，花卉宗恽南田。所绘松石、花卉意境独特，尤善画佛。

此图名为《九秋图》，堪为清道人诗画合一的代表作。图中有自题诗跋：“荆棘参天大地芜，千红万紫总模糊。人间久已无春色，闲写秋心入画图。”图中描绘了一枝雁来红及两朵低矮的小野菊，此二者皆属秋花，其中雁来红有“红红火火”的寓意，意为健康长寿；菊花则有傲霜之意。令人意外的是，在二花之间，绘有一枝高高的百合花，百合乃夏花，音与百年好合缩语同，有祝福之意。而从自署“清道人”来看，此画应是民国时所作，是时社会动荡，军阀混战，作者在一片愁苦中，似有所托。

此图设色清丽，笔墨秀雅，意境超俗。雁来红以朱砂画出，用笔峭拔劲利，细笔勾筋，茎干则复笔双钩，复以圆笔点碎花，增加点画节奏感。百合茎叶用花青刷写，有隶书笔意，湿气未干即以墨笔勾筋，色墨洇渗丰富而未失骨力。花头以枯笔草草勾皴，破笔浓墨略点蕊。菊花以鹅黄点染，朱砂略点花心，茎干以篆书笔意勾出，叶片则由墨笔随意点染，笔墨圆劲，又淡墨勾写蔓草，相缀其间，既挽菊倾之势，又状自然丰富之态。

中秋孤坐（七律）

王　易

佳节匆匆意悄然[①]，自煎茶水对炉烟。
流天大月虚今夕[②]，入坐小车思隔年[③]。
析饼喜嗔怜子稚[④]，侵帘风露觉凉先[⑤]。
枯愁收拾凭谁寄[⑥]，漫放商声上七弦[⑦]。

作者简介

王易（1889—1956），字晓湘，号简庵，江西南昌人。1912 年毕业于京师大学堂，先后任北京师范大学、中央大学、复旦大学、中正大学等校教授。抗日战争期间，曾在南昌为蒋经国讲授《孟子》《兵书集成》等。其论国学尚质，以经学、小学、哲学与史学为国学之“四区”。其诗风质朴高古，劲折孤峭。与彭泽汪辟疆、南昌余謇、奉新熊公哲并称“江西四才子”，又与黄侃、汪东、汪辟疆、柳诒徵、王伯沆、胡翔冬合称“江南七彦”，与其弟王浩并称“南州二王”。新中国成立后供职湖南文史馆，著有《国学概论》《修辞学通诠》《词曲史》《乐府通论》等。

注释

①〔悄然〕忧愁的样子。白居易《长恨歌》：“夕殿萤飞思悄然。”而此处实则点化自黄仲则《绮怀十六首·其十六》中的“露槛星房各悄然，江湖秋枕当游仙。有情皓月怜孤影，无赖闲花照独眠”，以扣中秋。

②〔流天大月虚今夕〕谢庄《月赋》：“于时斜汉左界，北陆南躔，白露暖空，素月流天。”流天，在天空中运行。虚今夕，使今夜的天空显得特别空旷。“虚”有空际、天空之意，引申为“凌空”，如苏轼《赤壁赋》中的“浩浩乎如冯虚御风，而不知其所止”。王易此处乃名词动用，极见锤炼之功。

③〔入坐小车思隔年〕王易在此句有原注云：“去秋三弟方病脚京邸时，乘小车就公园茶座寻诗。”“坐”，与“座”通，“三弟”即王浩，“小车”指民国初流行的轻便型家用“T”型汽车。王浩从去年开始“病脚”，不良于行，故以“小车”代步。思隔年，从王浩“去秋”在“京邸”（北京）治脚病时相见，到今夕未再见面，一如东坡《水调歌头·明月几时有》之怀其弟子由，构思遣辞均妙不可言。

④〔析饼喜嗔怜子稚〕析饼，分月饼。怜，爱怜。

⑤〔侵帘风露觉凉先〕此句化用李白《玉阶怨》：“玉阶生白露，夜久侵罗袜。却下水晶帘，玲珑望秋月。”侵帘，月光穿过窗帘。风露，风和露水，蕴含黄仲则《绮怀十六首·其十五》中的“似此星辰非昨夜，为谁风露立中宵”之意。

⑥〔枯愁收拾凭谁寄〕清人缪焕章《感赋八首·其四·水秋》：“遥空漠漠淡浮烟，衰柳长堤瘦可怜。蠡勺泉枯愁北陌，鲛宫波静忆南天。”“枯愁”即化自此，用字可谓富有新意。

⑦〔漫放商声上七弦〕漫，空自，徒然。放，放任。商声，秋声。阮籍《咏怀诗·其九》：“素质游商声，凄怆伤我心。”欧阳修《秋声赋》：“商，伤也，物既老而悲伤。”七弦，代指琴。应劭《风俗通·声音·琴》：“今琴长四尺五寸，法四时五行也；七弦者，法七星也。”刘长卿《听弹琴》：“泠泠七弦上，静听松风寒。古调虽自爱，今人多不弹。”

王易认为诗本于情，情为内容，而言与音为外形。在《与周生论诗书》中，他将诗分为三种境界：一是辞采，即格律声调，用来表现情韵的文字；二是情韵，类似于情趣，是发自心灵的真情，也是内在的质；三是神理，为最高一境，也即心迹交融之境。其诗追踪黄山谷、陈后山、陈简斋。重句律，有山谷之错综句法；兼议写，具后山之坚苍骨力；逢战乱，得简斋之风调凄婉。风骨高峻，真气内充，古厚沉雄，奥折盘屈。又能融议于景，运古于律，句式迤逦多姿。

全诗押“先”韵，是标准的七言律诗。诗的题目一目了然，描绘的是中秋佳节独自一人枯坐的情景。“枯坐”本是一种无意识状态，无思无事亦无定，然诗人看似枯坐，实则百念丛生，愁从中起，这也符合中国人“每逢佳节倍思亲”的特定心境。

首联起句的“悄然”用得极妙，既传达了诗人于节日氛围中的落寞与静谧，又隐喻了其对光阴匆匆的感喟。诗人铺垫好情绪，然后由情入景，独自怅然煎茶。炉烟缭乱，煎的虽是茶，但更似“炉烟”一般缭乱的心绪。其中“自”和“对”用得熨帖，在有意识与被动之间，更显出难以名状的孤独感，这也为颔联中生发的具体情思做足了铺垫。

诗的颔联对仗工整，炼字也妙。“大”和“小”看似状物之规，实则是“由虚入实”之手法；进而“今夕”和“隔年”相对而相连，既有辞采之美，又有内容之实；由“虚”的心理状态而转入“思”的具体对象。诗人仰望夜空，流星如闪电般飞逝，既慨叹光阴之虚度，亦道出了心境之空虚。由此思念起去年今日，三弟拖着病腿自京乘车来相聚的情景。那夜他们对茶酬唱，好不热闹，于此刻孤独，更添几分感伤。

颈联一转，由对不能相聚的亲人的思念转向眼前人和事物。诗人方才欢喜地拆开月饼，却因孩子太小不懂事而生起嗔怜，温馨中透着些许无奈，大概是稚子不能与他进行深层次的对话吧！于是诗人怅然凝望，却瞥见秋风带着露水透过窗帘，心里不由得更添凄冷的凉意。其中首句的“喜”“嗔”“怜”用得绝妙，生动表现了诗人的情感冲突与心绪变化。而下句的“侵”“觉”“凉”由视觉转向感觉和知觉，故说诗有别趣，非关理也。

尾联的“商声”本五音中的商声，此处喻指秋声。李善注：“《礼记》曰：‘孟秋之月，其音商。’郑玄曰：‘秋气和则商声调。’”“七弦”本七弦琴，此处可喻为知己。嵇康《酒会诗》云：“但当体七弦，寄心在知己。”崔珏的《席间咏琴客》云：“七条弦上五音寒，此艺知音自古难。”诗人好不容易收拾好这整宿的枯愁，却不知向谁诉说，“知音少，弦断有谁听”，只能任由这秋气堪悲，其无可如何处为最妙处。

整体来看，这首《中秋孤坐》以细腻的笔触展现了诗人中秋之夜的内心世界，情感深沉，意境凄美。

阳明先生小像　明代　蔡世新

蔡世新，号少壑，虔南（今江西龙南）人，明代中期画家。工画像，点次若飞。时王文成公（王守仁）镇虔，召众画史写真，多不当意，盖两颧棱峭，正面难肖。世新幼随师进，独从旁作一侧相，得其神似，延之幕府，名以是起。亦善勾勒竹石，大幅者佳，亦兼善画仕女。

画作赏析

蔡世新画阳明先生像有多幅。嘉靖年间，大名兵备副使茅坤撰《赠画像者蔡少壑序》载："当是时，阳明先生之像遍天下，而豫章间所传特类甚。予还金陵，一日考功何君吉阳刺其所为像者过予，且曰：即豫章间所善像阳明先生而名者也。予奇而饮之，因强所为阳明先生像。"茅坤并以何吉阳（即何迁，字益之，号吉阳）所携世新画阳明先生像摹画一幅。

从明、清所涉蔡世新画阳明先生像的诗文序跋中可窥其大概，且亦表明传世阳明画像，多出自世新手笔。阳明弟子邹守益撰《重宿通天岩写侍游先师像谢少壑山人》云："阳明仙翁提心印，挥霍八极与神谋。笑呼蔡子写生绡，元精淋漓烟雾浮。"诗中所言"蔡子"，即蔡世新；"写生绡"乃为阳明先生肖像写真。阳明另一弟子薛侃撰《祝寿图序》云："天下传吾夫子之神也，有传其有形者，有传其无形者。传其有形者，南康蔡世新是也。""服夫子之教，曰致良知，罔或间焉，则羹墙有见，步趋如在，其传夫子之神，岂出世新下哉！"足见世新画作之逼真与传神。嘉靖年间，江西巡抚何迁撰有《南安蔡世新以善为阳明翁像游缙绅闲赋此为赠》诗文一首，亦谈及蔡世新善画阳明先生像。浙江提学林大春撰《题阳明先生像》亦云："图载阳明先生遗事与其遗像若干纸，盖出先生门人蔡世新笔也。盖画而至此，可谓能得其神而非徒形之似者矣。"于世新画作，颇多褒扬。此外，林大春又撰有《题阳明先生图像卷后》一文，就阳明先生画像进行称赞。

此幅阳明先生像，乃正德末年阳明先生在赣州时，蔡世新所绘。许康衢题《王文成公燕居像》云："蔡少壑氏，虔南画史，能诗，尝与阳明先生游，时相唱和。此帧为王文成公写貌，以自珍。古人交谊之深，于此可见。庚戌春二月，予归里扫墓，过吾宗小岩精舍，出示此幅属题，因识数语归之。"康衢所题画像为"后裔王寿祁敬藏"，上有蔡世新印、少壑父、写以自藏、寿祁私印、长宜子孙等钤印。

江行口号（七绝）

王　浩

独携大胆[①]应能健，自挟高歌恐未驯[②]。
此地垂云天正阔[③]，江南江北更无人[④]。

作者简介

王浩（1894—1923），字然甫，一字瘦湘，江西南昌人。与兄王易号“南州二王”。诗诸体俱工，宗奉宋贤，以七律见长。陈散原谓其诗“吐弃凡近，多骨重神寒之作，力追山谷，笔端可畏，然间有摹拟太似处”。有家藏钞本《思斋集》。

注释

①〔大胆〕三国时蜀主刘备称赵云“子龙一身是胆”（见《三国志·蜀书·关张马黄赵传》裴松之注引《（赵）云别传》）；又，前书《姜维传》裴松之注引《世说新语》：“维死时见剖，胆如斗大。”陆龟蒙《早秋吴体寄袭美》：“虽然诗胆大如斗，争奈愁肠牵似绳。”健，雄健。

②〔自挟高歌恐未驯〕挟，入声，有倚仗、依恃之意。“高歌”与“未驯”皆点化自杜诗，杜甫《醉时歌》：“清夜沉沉动春酌，灯前细雨檐花落。但觉高歌有鬼神，焉知饿死填沟壑？”又，《奉赠韦左丞丈二十二韵》：“今欲东入海，即将西去秦。尚怜终南山，回首清渭滨。常拟报一饭，况怀辞大臣。白鸥没浩荡，万里谁能驯？”

③〔此地垂云天正阔〕意象来自杜甫《旅夜书怀》：“细草微风岸，危樯独夜舟。星垂平野阔，月涌大江流。名岂文章著，官应老病休。飘飘何所似，天地一沙鸥。”清人蒋春霖《木兰花慢·江行晚过北固山》亦有“正树拥云昏，星垂野阔，暝色浮天”之句。

④〔江南江北更无人〕字面化用王维《送沈子归江东》“杨柳渡头行客稀，罟师荡桨向临圻。唯有相思似春色，江南江北送君归”，实则暗用《晋书·阮籍传》之典，谓阮籍：“尝登广武，观楚汉战处，乃叹曰：‘时无英才，使竖子成名乎！’”王浩此诗可与晚唐郑谷《送张逸人》“人间疏散更无人，浪兀孤舟酒兀身。芦笋鲈鱼抛不得，五陵珍重五湖春”参看，王浩此诗豪气更遒。

王浩生活在晚清至民国初期，那是一个社会动荡、变革频繁的时代。在这个时代里，守旧与革命、传统与现代、东方与西方的文化冲突与融合，使得许多知识分子都面临着前所未有的挑战和机遇。王浩作为一位敏感的诗人，自然也不例外。

在《江行口号》中，我们可以感受到王浩对时代变迁的深刻感知和独特思考。他通过江行的孤独与坚韧，表达了自己对人生道路的追求和坚定的信念，这种追求和信念既是对个人理想的执着，也是对时代精神的呼应。在那个动荡不安的时代里，王浩选择了勇敢地面对挑战，用自己的诗去歌唱内心的情感和志向。

首句以“独携”开篇。在江行的旅途中，诗人虽独自一人，却怀揣着“大胆”的勇气与决心，相信自己能够应对一切困难与挑战。这里的“大胆”不仅指诗人的勇敢，更寓含了其在人生道路上不畏艰难、勇往直前的精神。

诗人运用对比手法，将“独携”与“大胆”相结合，形成了鲜明的反差，突出了诗人的孤独与坚韧。同时，通过“应能健”的表述，展现了诗人对未来的信心与期待。

次句进一步描绘了诗人的内心世界。在江行的过程中，诗人试图以高歌来抒发内心的情感，但“恐未驯”三字却透露出一种对自我情感控制的担忧。这里的“未驯”既指歌声未加修饰，也寓含了诗人内心情感的复杂与多变。诗人巧妙通过“自挟”与“恐未驯”的对比，展现了内心的挣扎与矛盾。同时，“高歌”的意象增添了诗歌的韵律感和音乐性。

第三句将笔触转向了江行的自然景观。诗人抬头仰望，只见云带低垂，天空辽阔，与江面一起形成了一幅壮阔而深远的画面。诗人运用了描绘与象征相结合的手法，通过“垂云”与“天正阔”，展现了江行的自然美景，同时也寄寓了诗人对人生境界的深刻思考。它不同于王湾的“潮平两岸阔，风正一帆悬”取象宏大，心底浩荡，一片壮怀，也不同于杜甫的“星垂平野阔，月涌大江流”，而是以乐景写哀情，反衬出诗人孤苦伶仃的形象和颠连无告的凄怆心情。天地旷阔，然而“独携大胆”“自挟高歌”的诗人却无以存身，无可寄托。

诗人生活在那个波澜壮阔的大时代里，面临三千年未有之大变局，看着“垂云天正阔”，是不是也自许鲲鹏之相，期待“翼若垂天之云”“抟扶摇而上者九万里”呢？时代的浪潮和历史的洪流，施施然流淌于诗人的笔端。

末句以“更无人”三字收束全诗。诗人环顾四周，只见江南江北空无一人，只有自己一人在江面上孤独地前行。诗人大胆夸张，这里的“更无人”不仅描绘了江行的孤寂与冷清，也揭示了人生的孤独与无奈。同时，末句的“更无人”与首句的“独携”相呼应，使全诗结构完整且统一，仿佛陈子昂在幽州台上高歌：“前不见古人，后不见来者。念天地之悠悠，独怆然而涕下。”更以留白的手法，给读者留下了广阔的想象空间。结合诗人生活的时代，从政局、文化到经济，莫不有南北之争，而能济世安民者希，这“无人”之境，也可能是对时局的无奈浩叹。

好诗如画，《江行口号》在画面安排上，展现了诗人高超的艺术匠心。全诗四句，每一句都构成了一幅独立的画面，而四幅画面又相互关联，共同构成了一个完整的江行图景。首句以“独携”开篇，突出了诗人的孤独形象；次句通过“高歌”的意象，增添了画面的韵律感和音乐性；第三句将笔触转向了江行的自然景观，展现了壮阔而深远的画面；末句以“更无人”三字收束，将江行的孤独与寂寞推向了极致。四幅画面相互映衬，共同营造了一种孤寂而深远的意境。

渔乐图　明代　丁玉川

丁玉川，生卒年不详，江右（今江西）人。明中期画家。山水宗马、夏。亦善人物，行笔草草，神气妙肖。刘翊赞其曰：“远浓近淡不停手，神机所到天然工。”丁氏出身江西，主要活动于山东、北京，大约活到九十二岁。晚明以后，丁玉川被归为浙派画家。

画作赏析

在《楚辞》中，渔父顺其自然、随遇而安，始终保持独立的自我人格，是一个隐逸者的形象。而渔父之乐，乐在垂云阔天的山水之间，渺渺茫茫，纵是江南江北无一人，亦独立不改，并怡然自乐。

此图采用元人典型的“一江两岸”式布局，以宋人笔墨写元人意趣，使其别具一种古典中国的绘画形式与生活场景的双重美感。前景坡石嶙峋，江风习习，水波荡漾，芦苇摇曳，而渔舟自泊于右岸；渔父举箸进食，自斟自饮，独酌配小鲜，一副怡然自乐之态。中景芦苇摧绝，高枝斜出，江阔云低。稍远处，二舟相驶并进，渔人相答。而涯岸之隔，一渔人泊舟。远景则山岭罥起暮霭，远峰毵毵，山下则是一片“暧暧远人村，依依墟里烟”的景象，草树山色掩映间，许是山妻稚子相迎，有一人正负囊归去。

全图笔墨皆取法马、夏一路，山石轮廓以角形线勾出，中侧锋并用，落笔果断准确，波磔起伏。以斧劈皴斫出山石体块与肌理，侧笔大体块皴染，淡墨衬云于无痕，中无一点刻露，而云行多变，此谓“留云法”。复作破笔浓墨点苔，增强笔墨层次与节奏感。以峭拔的笔尖，运草书之迅疾，勾写芦苇，穿插繁密而笔笔有来处，用墨浓淡铺陈，既状空间远近，又写苇丛体量，密而能透，不使拥塞。其余杂树，或细笔双钩，或破笔点簇，或浓墨点染，上实下虚以增强空气透视感，此是宋人良规也。舟楫乌篷勾写平正工稳，舟中人物以方折的铁线描勾出，远处人物则草草简写，惟妙惟肖，神完意足，虽体简而法备，小而能精，足见画家笔墨造诣之高超，洵非此一时期浙派中人能望其项背矣。

莫愁湖[1]茗坐（五律）

陈隆恪

芳草合围来[2]，轮蹄小径开[3]。
破山缝远照，剩水吐高台。[4]
气象迷青史，风流葬死灰。[5]
独怜凫逐队[6]，何以燕重回[7]？

作者简介

陈隆恪（1888—1956），字彦和，义宁（今江西修水）人，陈三立次子。光绪三十年（1904），与陈寅恪一起考取官费留日，毕业于日本东京帝国大学财商系。曾任南浔铁路局局长、汉口电讯局主任、九江税务局主任、江西财政厅科长等职，新中国成立后任上海文物管理委员会顾问。1956年农历十一月廿二日逝世于上海，享年六十八岁。著有《同照阁诗钞》。

注释

①〔莫愁湖〕亦称石城湖、横塘，位于南京水西门外，有“江南第一名湖”“金陵第一名胜”等美誉。茗坐，可指与朋友围坐品茶，亦可指独坐莫愁湖边饮茶，观此诗第七句“独怜”，当指后者。

②〔芳草合围来〕谓湖边芳草之多。合围，四面包围。言自己独饮，不免寂寞，而芳草有情，合围而来，慰我岑寥，构想极奇。

③〔轮蹄小径开〕车马碾过，留下车轮之辙与马蹄之印，因而自然形成小径。此句点化自宋人刘克庄“小径通车辙，全家隐薜萝”之意，而造语生新。

④〔破山缝远照，剩水吐高台〕辛弃疾《贺新郎·把酒长亭说》词有“剩水残山无态度，被疏梅料理成风月”之句，隆恪改“残山”为“破山”，蕴含杜甫《春望》“国破山河在”之慨。“缝”“吐”二字，尤见锤炼之功。与散原“半暝湖吹雨，一痕山卧烟”之“吹”“卧”相较，似更警豁。

⑤〔气象迷青史，风流葬死灰〕谓玄武湖的景致历来美好，名垂青史，但自晚清以来，劫难频仍，而今已死气沉沉。气象，景况、气派。范仲淹《岳阳楼记》：“朝晖夕阴，气象万千，此则岳阳楼之大观也。”青史，指古代在竹简上记录的历史。“青史”的“青”本指竹简，竹简是将竹子劈成片，烤干后用绳索串联而成，竹片未烤之前是青色的，故后世以“青史”作为史书的代称。风流，指优美清新的自然环境和奇复杰特的人文景观。死灰，《史记·韩长孺列传》：“御史大夫韩安国者，梁成安人也……事梁孝王为中大夫。吴楚反时，孝王使安国及张羽为将……安国持重，以故吴不能过梁。吴楚已破，安国、张羽名由此显。……其后安国坐法抵罪，蒙

狱吏田甲辱安国。安国曰：'死灰独不复然（燃）乎？'田甲曰：'然（燃）即溺之。'居无何，梁内史缺，汉使使者拜安国为梁内史，起徒中为二千石。田甲亡走。"苏轼《寒食雨二首·其二》："君门深九重，坟墓在万里。也拟哭途穷，死灰吹不起。"隆恪此句，暗用此典，悲慨之极。

⑥〔独怜凫逐队〕凫，野鸭、骛，生长在江河湖泊中，常常几百只结伴，故言"逐对"。古人常以"凫"喻指苟且偷生的庸才。屈原《卜居》："宁昂昂若千里之驹乎，将泛泛若水中之凫，与波上下，偷以全吾躯乎？"

⑦〔何以燕重回〕何以：为什么。燕重回：点化自刘禹锡《乌衣巷》中"旧时王谢堂前燕，飞入寻常百姓家"与晏殊《浣溪沙·一曲新词酒一杯》中"无可奈何花落去，似曾相识燕归来"之句，以重来之"燕"自喻，既点明自己出身名门，又对前途怀有希冀，以问收结，余韵悠悠。

诗歌赏析

陈隆恪幼年随侍祖父右铭公于长沙巡抚官署，在湘度过启蒙期，庚子后随家迁金陵。年十七与衡恪、寅恪赴日留学八年，习经济科，毕业于东京帝国大学。归国后，浮沉僚属于理财、交通等部门，斯时尚未问津吟咏。其初涉诗坛，已近而立之年，较诸当时已蜚声吟界、名宿座上有一席之位之乃兄衡恪、乃弟方恪，则启轫属迟。

陈氏诸子能诗，唯隆恪能传散原先生衣钵，其诗以宗宋为主，又自成一家，颇负诗名，汪辟疆、钱仲联作诗坛点将录，均予列入"同光体赣派"。陈声聪曾评："彦和之诗，不主一家，大体近于涩，论功力，有过于师曾、寅恪。"陈隆恪作诗路径与诸兄弟略有不同，他的诗兴得力于其岳父喻兆蕃的启发，初涉诗坛已近而立之年。据此推算，此诗大概作于1923年夏，诗人的母亲俞氏、长兄陈师曾先后因病逝世，散原先生不忍居伤心之地，遂别金陵挈眷移居他地。

诗人通过莫愁湖茗坐，借眼前之景而抒怀。以"破山""剩水"隐寓对辛亥革命十多年以来军阀割据、时局艰难的感慨与"凫逐队"一般流离避难的困顿，以及对何时重返金陵故居的疑问，表达了诗人对国家命运与个体命运不可知的惆怅与忧虑，体现了特定时代知识分子特有的人文关怀。

首联即描述诗人在莫愁湖茗坐时眼前所见的景色，应是夏中之景。"合围"即四周环围。"轮蹄"本义指车轮与马蹄，后泛指车马。此联化自韩愈《南内朝贺归呈同官》中的"绿槐十二街，涣散驰轮蹄"句。莫愁湖畔，茶轩外，四周环围着青青芳草，不远处车马三三两两沿着小路驶来。

颔联则借景抒怀，诗人回望辛亥革命十多年以来，军阀割据，时局艰难，近又痛失双亲，于国、于家、于己俱是泪，眼前再美的景色也不免觉得凄凉。此联化自杜甫《陪郑广文游何将军山林》中的“剩水沧江破，残山碣石开”句。“高台”化用杜甫《登高》“百年多病独登台”句，只不过诗人是“万里悲夏常作客”。远远照见山河破碎，缝缝补补，却没有一块是完整的。登高台却满眼残山剩水，“艰难苦恨繁霜鬓”“心情其实过中年”。

颈联二句真名句也，于右任《题民元照片》中的“不容青史尽成灰”句即从此化出。诗人在山河破碎、痛失双亲的双重悲伤下，流露出内心的消沉与沮丧。“迷”“葬”二字用得既幽折又峭拔。“迷”者，君子嘲隐，化为谜语，回互其辞，使昏迷也。“葬”者，藏也。当年英姿焕发的气象，如今已渐渐消沉，风流殆尽，埋藏于一片死灰般的绝望中。

尾联则是描述当下的离乱与对未来的寄望：只可惜现如今只能像野鸭子一般成群结队地逃难，流离失所；怎么才能像燕子归巢一样，重新回归金陵故地的旧居（散原精舍）？诗人用疑问的方式收束全篇。令人唏嘘的是，散原精舍在次年即易主了。诗人于1933年陪父亲自赣去京的途中，在金陵盘桓数日，之后再也没有回过金陵故地。

陈寅恪的弟子蒋天枢曾评道：“彦和先生，生平所历，坎坷多于平途，一寓托之于诗。晚清百余年，世道俶诡变幻，先生时撷之以入诗，以故同照阁诗于晚清以还世道隆污反映者实多，此留心近世史者所宜观览也。”

吴宏（1615—1680），一作弘，字远度，号竹史、西江外史。江西金溪人，移居江宁（今南京）。明末清初著名画家，与龚贤、高岑等人合称“金陵八家”。自幼好绘事，自辟蹊径。擅山水，远师宋元诸家，于纵横放逸处，见步伍整齐之法。画作大多取材于自然景物及其向往的桃花源仙境，构图疏密相间，气势雄阔。偶作竹石亦绝俗，有水墨淋漓之致。

莫愁旷览图　明末清初　吴宏

画作赏析

在“金陵八家”中，吴宏的画风最为粗放，浑融无际，任凭想象，景色细致苍郁，充满了生活气息。尝自言曾策蹇驴过大梁之墟，访信陵公子、侯嬴、朱亥等古贤遗迹，归而若有得焉。顺治十年（1653）曾渡黄河、游雪苑，归而笔墨一变，纵横森秀，尽诸家之长，而运己意。周亮工有诗赞曰：“幕外青霞自卷舒，依君只似住村虚。枯桐已碎犹为客，妙画通神独亦予。”

康熙五年（1666），吴宏作《燕子矶莫愁湖二景图》长卷，卷分二段，前绘“莫愁旷览”，后绘“燕矶晓望”。此图即长卷前半段《莫愁旷览图》，采取平远法构图，布局开阔舒展，点景疏密、虚实有致，意境清旷幽远，正所谓“山接水茫茫渺渺，水连天隐隐迢迢”是也。图中景致以山水长卷惯有的散点透视展开刻画，视平线自左向右平移，如电影长镜头一般描绘莫愁湖的春日盛景。前景江南民居依山而筑，高树苍翠浓翳，掩映成林。山下土地平旷处，江南庭院俨然，粉墙黛瓦，曲径通幽，数十间屋舍毗连而建，墙外商旅驼队络绎不绝。高士、蹇驴、僮仆相伴，不远处，二三旅人在茶亭歇脚，怡然自乐。中景长堤一痕，赏心亭临水相望，风起涟漪，湖面上一片浩渺。稍远处，阡陌交错，嘉禾青青，杨柳依依，风荷摇曳，柴门傍村居，渔舟泊岸。远景则阡陌环湖，岸边水榭隐隐，流水绕孤村，山抹微云，河畔草离离。

画中山石轮廓以金错刀笔意勾出，断续的颤笔绘于提按转腕间，方峭瘦硬。山石结构则以淡墨枯笔作短条子皴为主，钉头皴为辅，用笔峭拔，结构严谨。以淡墨渲染山体的阴阳向背，复以青墨、淡赭罩染出山体肌理与质感。间作浓墨复勾山石轮廓线，点苔浓密。丛树根干笔法与山石相类，硬瘦劲挺，略作皴笔后以赭石渲染，所谓随类赋彩是也。树冠则以浓墨破笔点簇，或以钉头笔法攒写，或以圆笔横点；丛竹以细笔披写，柳枝用中锋勾出，复以淡绿、花青渲染成片，或直接点写，以状苍翠荫翳之气。屋舍亭榭皆用颤笔勾写，以青墨、淡赭分染屋顶，增加体量而状有别。水纹以细笔作鱼鳞纹，汁绿加淡赭刷染，留白衬出云气。人物驼队亦简笔勾写，意思简当，以淡赭点染脸部，驴身略施青绿渲染，形态各异，妙肖生动。

吴氏园海棠二首·其二（七律）

陈寅恪

无风无雨送残春，一角园林独怆神。[①]
读史早知今日事，看花犹是去年人。[②]
梦回锦里[③]愁如海，酒醒黄州雪作尘[④]。
闻道通明同换劫，绿章谁省泪沾襟。[⑤]

作者简介

陈寅恪（1890—1969），义宁（今江西修水）人。中国历史学家、古典文学家、语言学家、诗人，陈宝箴之孙，陈三立三子。

注释

①〔无风无雨送残春，一角园林独怆神〕谓虽无风雨，海棠花却纷纷坠落，我站在园林的角落独自伤怀。无风无雨，谓毫无征兆，无端，没来由。南宋诗僧守璋《晚春》诗云："草深烟景重，林茂夕阳微。不雨花犹落，无风絮自飞。"怆神，伤心。陈寅恪作于1938年的《残春》有"无端来送此残春"之句，即"无风无雨送残春"之意也。

②〔读史早知今日事，看花犹是去年人〕陈寅恪《赠蒋秉南序》："清光绪之季年，寅恪家居白下……朝野尚称苟安，寅恪独怀辛有、索靖之忧，果未及十稔，神州沸腾，寰宇纷扰。"辛有，周朝太史，平王东迁时过伊川，见有披发而祭于野者，以为不合于礼，不及百年将沦为戎狄之居。后秦、晋迁陆浑之戎居伊川。索靖，西晋人。《晋书·索靖传》："靖有先识远量，知天下将乱，指洛阳宫门铜驼，叹曰：'会见汝在荆棘中耳！'"可知陈寅恪此时已预感日军将入侵，国家必遭劫难。去年人，暗用崔护《题都城南庄》"去年今日此门中"之意，宋释宗杲《偈颂》："今年人是去年人，去年月是今年月。"

③〔锦里〕成都地名，这里代指成都。西府海棠产于成都，名驰天下。《吴氏园海棠二首》另一首中有"蜀道移根销绛颊"，亦与此句"梦回锦里"意近。

④〔酒醒黄州雪作尘〕苏轼贬谪黄州时，作《寓居定慧院之东，杂花满山，有海棠一株，土人不知贵也》诗，有"明朝酒醒还独来，雪落纷纷那忍触"之句。陈寅恪于1945年作《乙酉春病目，不能出户，室中案头有瓶供海棠折枝，忽忆旧居燕郊清华园寓庐手植海棠感赋》一诗，有"雨过锦里愁泥重，酒醒黄州讶雪新"之句，可与此二句同参。

⑤〔闻道通明同换劫，绿章谁省泪沾襟〕通明，玉皇大帝的通明殿。绿章，又名"青词"，道士祭天时用朱笔写在绿纸上的奏章。陆游《花时遍游诸家园十首·其二》："为爱名花抵死狂，只愁风日损红芳。绿章夜奏通明殿，乞借春阴护海棠。"

陈寅恪的诗歌具有学术的严谨性，不仅展示出其深厚的文化气质，还融入了对历史与时代的深刻思考，这是他作为史学家与诗人的双重身份所决定的。他出身于维新派名臣世家的义宁陈氏，家学渊源，父亲是同光派代表诗人陈散原，他天然地继承了其父"生涩奥衍"的宗宋诗风，有尊崇江西诗派风格的渊源。如果说散原先生是以诗证史，则寅恪先生是以史证诗，典论相得，其诗自有一种高古雅致、深邃阔大的气质。

海棠为盛春花，历代诗咏格韵甚高。自南朝沈约起，晚唐两宋人多有吟咏，以韩偓、苏轼等人所作最为传诵。然海棠之于牡丹、梅、菊，在传统文化意义上并不占据中心地位。一则海棠易落，其花开尽则春事阑珊；二则海棠暗喻海外输入的西方文化，无法契合中国文化再造辉煌的梦想。寅恪先生特注"花木以海名者，皆从海外来"，也恰是要点明此意。

此诗作于1935年春，从表面上看是吟花感春，实际上隐喻中国及其传统文化的危机与未来［吴宓附注：寅恪此二诗，用海棠典故（如苏东坡诗）而实感伤国事世局］。

首联起句直以白描破题。看花人似以平静的心态面对季节的更替：在一个没有风也没有雨的寻常日子里，海棠开后，春事阑珊，已经是残春时候。对句则笔锋一转，"一角"的空间逼仄，相对首句"残春"的时间飞逝，两组意象交叠，由景入情，把看花人"怆神"的失落情感不动声色地带出来，也铺开了全诗的主题与基调。其中"独"字用得极佳，强化了情感表达，怆神的不唯海棠，还有诗人自己。

颔联紧接着首联的"独怆神"而继写内心感受，结构紧凑，转接自然。诗人缘何如此孤独且悲怆？作为史学家，他深知今天的一切不过是历史的重演，却又无可奈何。黑格尔曾说："人类从历史中学到的唯一教训是人类无法从历史中学到任何教训。”诗人面对“神州沸腾，寰宇纷扰”，也有着与黑格尔同样无能为力的沮丧感。人类仿佛只有一个剧本，史上事借着时间的流逝而变成今日事，按理，既经今日事，自非去年人，但诗人偏偏执拗地认为自己还是那个不改其志的“去年人”，那个在民族危亡的大灾难面前高呼“国可亡，而史不可灭”的人，那个以一人之身恪守一个民族史学传统的人。

颈联则由情转景，别开生面，虽是想象之境却充满了画面感，喻杜甫、苏轼为残春之海棠。起句化用杜甫经安史之乱流落成都锦里，在草堂幽僻处作《南邻》的诗意，“秋水才深四五尺，野航恰受两三人”。诗人巧用“梦回”一词，隐喻自己与杜甫相似的颠沛遭遇，表达大雨过后一路泥泞的困窘蹇迫。对句借贬居黄州的苏轼与太守徐公猷的相交逸事——徐携酒见东坡，东坡则饮酒作诗《浣溪沙》三首，次日苏轼酒醒，对大雪又作二首，留下《浣溪沙》的千古佳话。此处诗人认为他的悲催境遇与苏轼无异，借酒消愁，醒来却发现残雪沾满尘土，是困顿抑或惊喜？个中滋味谁人知？

诗的尾联即诗人的情感升华。“通明”一指玉皇大帝的通明殿，一则喻指明月所照见的寰宇，起句意指天下遭受劫难，同时代的许多知识分子自然不可避免。“绿章”，即青词，旧时道士祭天时所写的奏章表文，用朱笔写在青藤纸上，故名。对句喻指诗人向上苍祈求，泪湿衣襟谁人知，亦有无用之文章之意。同时令人想到龚自珍的青词“我劝天公重抖擞，不拘一格降人才”。

竹石海棠图　**明末清初　朱容重**

朱容重，生卒年不详，一作重容，字子庄，号冰壶。南昌人。明末清初画家。明宗室后裔，宁王朱权十世孙，八大山人族侄。好古能文，善诗工书，尤精八法，作各体书。擅画兰竹小景，居蓼洲，四方之士游豫章者，不得其笔墨以为遗憾，造请无虚日，年七十九卒。

画作赏析

《南昌县志》载：“朱议漭，更名容重，字子庄，奉国中尉，国变后混迹尘世。”朱容重曾与族叔八大山人、罗牧、徐煌、彭廷谟等人发起并组织东湖诗画社，社中成员一起郊游、雅集，切磋、探求艺术，并在罗牧的带领下开创江西画派。

此幅《竹石海棠图》即明清折扇画典范之作。中国扇文化有着深厚的文化底蕴，是民族文化的组成部分。

扇面画同样拥有着悠久的历史，文献记载扇面书画以东晋王羲之书老媪扇为始。到了宋代，随着绘画艺术的蓬勃发展，特别是山水画、花鸟画在唐末、五代基础上得到很大发展，文人与绘画的关系越来越密切，形成了文人画创作高潮，书画扇面也得到了很大发展。《书继》载："政和间，徽宗每有画扇，则六宫诸邸竞皆临仿，一样或至数百本。"两宋时扇面画盛极一时，出现了大批不朽的经典之作，山水小景、市井民俗、花鸟鱼虫、翎毛牛马等，题材广泛，表现丰富；运以精心，出以妙笔，臻于顶峰。

在宋元时代，团扇画广为流传。明代以后，随着水墨写意画风的流行，折扇画亦渐执扇画之牛耳。书画家们在扇面方寸间直接书写或作画，因小品形制无巨制之累，极宜遣兴抒怀，心有所寄，笔情墨趣间尤见人品、学养、性灵与才情，所谓"方寸之间，自见天地。细微之处，自有乾坤"。

该作画跋为"丙申夏日戏墨，相石容重"。根据画家族叔八大山人的生卒年推算，画跋中的"丙申"应是康熙五十五年，即公元1716年，距八大山人逝世已11年。其族叔八大山人生前尤喜画海棠，况海棠易落，其花开尽则春事阑珊，如此观来，令人伤感不已。

全图布局简括疏朗，奇石瘦皱漏透，占据右半画面，海棠左右仰偃出于其间，互相映衬。上有修竹垂枝左右，萧萧若君子风。石以淡墨勾出，转腕间中侧锋并用，奇崛处见圭角。复以淡墨枯笔皴写出结构肌理，类鱼鳞皴以状其皱，即用淡墨渲染出阴阳向背，圆笔浓墨随意点苔，苔草点点能状奇石之漏透。海棠叶则以淡墨侧笔刷写，中锋细笔勾茎，圆笔攒写花瓣，略作浓墨点写花心。竹枝以细劲的草篆笔勾出，以真书笔法勾写叶片，或四笔惊鸦，或三笔落雁，或二笔雁尾，或单笔偃月，不一而足，积线成面。因熟纸不吸水的特性，墨色浓淡相撞，洇渗出自然丰富的画面效果，而犹存骨力。

图版目录

出版后记

江西诗派和江西画派是赣鄱大地上的璀璨明珠，五代、宋以来涌现了一大批有分量的诗人和画家，在中国文化史上产生了深远的影响，起到了重要的文化传承作用。为了更好地赓续江右文脉，展现江西诗画文化的丰富内涵和独特影响，本书以江西诗派和江西画派为联动主题，精选流派经典作品汇编成册，并邀请名家、学者进行精讲细读，为读者了解、欣赏和学习江西诗画文化提供了优良的范本，对进一步弘扬江西文化、助力文化强省建设起到积极的推动作用。这也是我们今天重提江西诗派和江西画派、重读赣鄱诗画经典的意义所在。

本书立项后，受到了江西省委宣传部、江西出版集团和中文传媒的高度关注，在编辑出版过程中也得到了众多业界人士的大力支持。江西省文联主席、学者叶青先生作为本书主编，从初稿写作到全书定稿，以专业的眼光进行了细致的审读和修改，并作序推介；诗学名家熊盛元先生选注了本书诗篇；青年学者、画家王鉴撰写了诗歌赏析文章30篇，并选配本书画作，撰写画作赏析文字；青年学者汪习甄撰写了诗歌赏析文章10篇。本书的顺利出版，离不开以上专家、学者的倾情投入与通力协作。最后，我们在此向所有对本书出版给予关心和帮助的朋友，致以诚挚的感谢！

江西美术出版社

2024年12月

图书在版编目（CIP）数据

诗画江西：江西诗派、江西画派精读赏析 / 叶青主编；熊盛元选注； 王鉴，汪习甄撰文 . -- 南昌 : 江西美术出版社，2024. 12. -- ISBN 978-7-5802-0003-7

Ⅰ . I22

中国国家版本馆 CIP 数据核字第 20242NP174 号

出 品 人　刘　芳
策划统筹　李国强
责任编辑　肖　丁　廖　鹏
责任校对　彭地强
责任印制　谭　勋
书籍设计　林思同　先鋒設計 PIONEER DESIGN
封面集字　黄庭坚书法

詩畫江西
——江西诗派、江西画派精读赏析

主　编：叶　青
选　注：熊盛元
撰　文：王　鉴　汪习甄
出　版：江西美术出版社
地　址：南昌市子安路 66 号
邮　编：330025
电　话：0791–86566309
网　址：www.jxfinearts.com
经　销：全国新华书店
印　刷：武汉精一佳印刷有限公司
版　次：2024 年 12 月第 1 版
印　次：2024 年 12 月第 1 次印刷
开　本：710 mm×1000 mm　1/16
印　张：16.25
字　数：170 千字
ISBN 978-7-5802-0003-7
定　价：78.00 元